# Christiane Schlenzig
## Unebene Wege

Um den Kopf frei zu bekommen,
joggt Christoph durch den Park,
Gerade hat er von seiner Frau erfahren,
dass er Vater werden wird. Eine Narbe,
die verheilt geglaubt, bricht wieder in ihm auf.
Vergangenheit und Zukunft treffen aufeinander.
Schließlich bringen die Aufzeichnungen
der Mutter aus den Jahren 1987 bis 1989
eine bittere Wahrheit ans Licht.
Eine Geschichte über Kindheit und
Erwachsenwerden und die verzweifelte Suche
nach dem Vater.

Christiane Schlenzig

# Unebene Wege

Roman

Bibliografische Information durch die
Deutsche Nationalbibliothek:
Die Deutsche Nationalbibliothek verzeichnet diese
Publikation in der Deutschen Nationalbibliografie;
detaillierte bibliografische Daten sind im Internet
über http://dnb.dnb.de abrufbar.

3. überarbeitete Auflage
Teil 1 und Teil 2

ISBN: 978-3-7693-7606-7

© 2025 Christiane Schlenzig
www.christiane-schlenzig.de
© Umschlaggestaltung:
by Uta Schlenzig, Leipzig
Verlag: BoD · Books on Demand GmbH,
In de Tarpen 42, 22848 Norderstedt,
bod@bod.de
Druck: Libri Plureos GmbH,
Friedensallee 273, 22763 Hamburg

Printed in Germany

# I

»**B**eeil dich! *Check-out* war bereits vor einer Stunde«, sie rollt mit ihrem Koffer an ihm vorbei, als er aus dem Bad kommt. Er packt eilig seine Reisetasche, fünf Minuten später ist auch er an der Rezeption des Hotels. Dort wedelt Anke mit einem bunten Blatt Papier, lacht und liest ihm laut vor: »Bei Ballon-Tours können Sie ein Super-Sommer-Sonnen-Ticket für zwei nette Menschen erwerben.« Christoph schaut in ihre frohlockenden Augen, sieht auf dem Flyer einen Ballon am blauen wolkenlosen Himmel.

»Zwei nette Menschen«, sie schaut ihn an: »Sind wir doch, oder?«

Gedanklich ist er noch unter der Bettdecke im Hotelzimmer und denkt: Ich war gerade im Himmel. Seine Nasenflügel hatten gezittert, als er versuchte, Ankes verführerischen Duft zu erschnuppern. Sie hatte sich zusammengerollt, die Knie am Körper. Ihre Haare auf der Bettdecke, zwei hellblonde Flüsse. Er hatte mit seinen Lippen ihr Gesicht ertastet, den Hals, die Ohrläppchen. Alles an ihr war samtig, weich, anschmiegsam. Jetzt steht sie vor ihm, frisch geschminkt, die Haare zu einem Pferdeschwanz zusammengezurrt, wedelt mit dem Flyer durch die Luft und strahlt. Ihr ganzer Körper strahlt, als sie sagt: »Eine Ballonfahrt, das wäre doch was«, Worte wie Konfettiwirbel. »Unsere Hochzeitsreise in einem Ballon! Toll, oder …?« Ein langer Strom von Sätzen sprudelt aus ihr heraus.

Hochzeitsreise, denkt er. Er hat gerade erst angefangen, daran zu glauben, dass ihre Liebe dauerhaft sein könnte.

Bisher war seine Zukunft ein großes weißes Blatt, auf dem er versucht hatte, verschwommen ein paar Linien einzuzeichnen. Jetzt soll er mal eben so, ganz spontan auf diesem Blatt eine sehr bedeutsame Linie ziehen?

Hochzeit …, puh. Christoph stellt den Koffer ab, kramt in seiner Umhängetasche nach der Visa Karte. Die Rechnung liegt schon auf dem Tresen.

Die Rezeptionistin schaut wartend. Er gönnt sich den Zeitaufschub, sucht bewusst langsam in allen Taschen. Beim Verlassen des Hotels wedelt Anke erneut mit der Ballonwerbung. Er holt tief

Luft, als wolle er tauchen: »Na ja, warum nicht. Die einen machen monströse Hochzeitsfeste am Gardasee oder auf den Kanaren, wir feiern in einem Heißluftballon«, ungewollt schießen ihm die Worte aus dem Mund.

Seine unternehmungslustige Frau hat die Worte sofort eingefangen und ist gleich an einem der nächsten Tage mit ihm zum Reisebüro gefahren. »Fürs Ballonfliegen braucht man neben gutem Wetter passende Windverhältnisse und eine gute Thermik«, erklärt man ihnen. »Manchmal ist es, trotz scheinbar geeigneter Verhältnisse, über mehrere Wochen nicht möglich zu starten.«
Für Christoph beruhigende Worte. So kann er den Gedanken Standesamt und Hochzeit noch etwas vor sich herschieben. Anke lächelt die Dame am Computer an, unterschreibt den Vertrag und flüstert ihm zu:
»Dann werden es halt unsere Flitterwochen.«
»Tag…«, flüstert er zurück. »Oder willst du im Ballon übernachten?«

Das Wetter hat mitgespielt. In aller Frühe wird das Brautpaar in einem weißen Mercedes an den vereinbarten Ort gebracht. Die bunten Bänder flattern im Morgenwind. Etwas nachtmüde noch, lehnen beide Schulter an Schulter im weichen Polster

des Wagens. Als das Auto vorfährt, ist der Pilot
noch beim Aufbau des Ballons. Ein Korb und ein
riesiger Stoffsack werden aus einem Jeep beför-
dert. Christoph schaut jetzt hellwach zu Anke: »In
diesen Korb sollen wir steigen? Gruselig.« Dann
sieht er, wie der Pilot zwei kleine rote Luftballons
in die Höhe schickt. Schnurgerade steigen sie auf
und verschwinden bei zirka hundertfünfzig Metern
in der Luft.

Der Fahrer erklärt: »Das ist ein Test für den
Ballonpiloten. Jetzt weiß er, in welche Richtung er
den Ballon samt Korb auf der Wiese ausrichten
muss«, und zeigt lächelnd zum goldfarbenen Horizont: »Den Sonnenaufgang haben wir extra für Sie
bestellt.« Ankes Augen leuchten:
»Die Musik auch?«, sie hat die Autoscheibe heruntergelassen und zeigt nach draußen. Man hört
das Säuseln der Pappeln und ein erstes Vogelge-
zwitscher.
Das Paar zuckt zusammen, als sich lautstark ein
Feuer entzündet. »Die Brennerprobe«, erklärt der
Mercedesfahrer und verlässt mit seinem Beifahrer
das Auto, er bedeutet dem Paar, noch sitzen zu
bleiben. Der Pilot legt an Tempo zu, Gasflaschen
werden in der Korbkabine verstaut, das Funkgerät
und das GPS-Navigationsgerät befestigt.

Die drei Männer ziehen den Ballon auseinander. Am Brennerrahmen klacken Karabiner in die Halterungen – das Ende von Stahlseilen, die den Korb tragen. Dann winkt man dem Paar, auszusteigen, der Pilot kommt mit einer roten Rose, die er mit einem Lächeln aus dem Stoff des Ballons gezaubert hat, auf die Braut zu: »Ich bin Sebastian, der Pilot, und werde jetzt mit Ihnen in den blauen Morgenhimmel fahren.« Mit spitzbübischem Tonfall fügt er hinzu: »Na, im siebten Himmel waren Sie ja wohl schon.« Dann nimmt sein Gesicht einen konzentrierten Ausdruck an, und er erklärt: »Zuerst muss kalte Luft in den Ballon. Wenn die Hülle mit fünfundachtzig Prozent Luft gefüllt ist, kommt warme Luft hinzu.«

Die knatternden Rotatoren werden abgeschaltet, zur Seite geschafft, und der Brenner gezündet. Wie durch Geisterhand richtet sich der Heißluftballon auf. Noch hindert ihn ein Stahlseil, das den Ballonkorb mit dem Jeep verbindet, am Davonschweben. Pilot Sebastian winkt, Christoph nimmt Ankes Hand und führt sie zum Korb. Sie steigen ein. Ein Klicken der Kamera, ein leichtes angespanntes Lächeln. Dann löst der Pilot die Schnellkupplung und sanft schwebt der Heißluftballon auf.

Das Abenteuer beginnt.

Ein Rascheln am Korb, als der Ballon über die Pappelkronen streicht. Sebastian dosiert mit einem Hebel über seinem Kopf das Gas. Man steigt in den Himmel auf, über das Blau des Stausees, über Wälder und Wiesen. Der Pilot meint, es seien seine schönsten Augenblicke, wenn er sich im Morgenlicht in den Himmel schwingen kann. Ankes Bluse flattert im Wind wie der Flügel eines Schwanes.

Sebastian scherzt viel, erzählt kleine Episoden aus seinem Pilotenleben. Zu Christoph gewandt, erklärt er fachmännisch:

»Durch das Aufsuchen verschiedener Höhen in denen oft die unterschiedlichsten Windrichtungen vorherrschen können, versuche ich auch die Fahrtrichtung zu beeinflussen.«

Er schaut nach oben, überprüft den Brenner. Plötzlich und unvermittelt ist der Pilot still, sein Lachen wie ausgeknipst.

Eine gewisse Gehetztheit bestimmt seine Gesichtszüge, seine Bewegungen.

Christoph fühlt wie Anke sich an ihn krallt: »Stimmt was nicht?«, flüstert sie.

Er legt den Arm um seine Braut, mit der linken Hand sucht er instinktiv in seiner Jackentasche nach dem Handy, wendet sich nach einigen Minuten an den Piloten:

»Ist alles okay?«

»Zwischen Himmel und Erde sollte man vielleicht einfach mal die Stille genießen«,

sagt Sebastian mit belegter Stimme.

Der Ballon schwebt über Ortschaften, Seen, eingebettet in grüne Hügel, Felder im Schachbrettmuster. Von Horizont zu Horizont grün wie Jade ist das Land.

Als der Pilot wieder zu sprechen beginnt, hat seine Stimme einen schwermütigen Klang:

»Heute, genau an diesem Tag – das heißt, in der Nacht – vor neununddreißig Jahren sind meine Eltern mit einem selbstgebauten Heißluftballon aus dem damaligen Osten Deutschlands über die Grenze in den Westen gelangt. Es muss eine sehr aufregende Nacht gewesen sein.«

Sebastian erzählt, der Ballon habe die Grenze in zweieinhalbtausend Metern Höhe überquert und eine Strecke von zirka 18 km zurückgelegt. Den Ballon hätte sein Vater gelenkt. Ein gefährliches Unternehmen. Doch Wohlbehalten wären die vier Insassen mit ihren Kindern nach achtundzwanzig Minuten auf der anderen Seite Deutschlands gelandet. Am nächsten Tag hätte man in allen westlichen Medien von der spektakulären Flucht in den Westen berichtet. »Und …«, sein Lachen kehrt zurück, als er weiterredet, »meine Eltern waren ein junges Paar damals – wie Sie beide. Meine Mutter war mit mir schwanger, wie sie mir später erzählte. Ich habe – so könnte man sagen – den Hang zum Ballonfahren schon im Mutterleib aufgesogen. Auf jeden Fall bin ich durch meinen Vater zum Ballonfahren motiviert worden.«

Als sich unter ihm ein Rapsfeld wie ein Spannbettlaken ausbreitet, hat der Pilot seine Fröhlichkeit wiedererlangt, er lächelt verschmitzt und flüstert Christoph etwas zu, worauf dieser zustimmend mit dem Daumen nach oben zeigt.

Der Ballon senkt sich, fährt schwungvoll über das leuchtende Rapsfeld, beide Männer lachen und die Braut hat ein hellgelbes Kleid.

Hat sich der Ballonfahrer zu sehr auf die Braut konzentriert? Seinen Blick statt auf den Brenner auf ihrem Dekolleté ruhen lassen?

Gerade noch unter ihnen eine Seenlandschaft, ein Fluss, eine grüne Wiese, Wochenendhäuschen, plötzlich die Schlangenlinie einer Fahrstraße und der Ballon strandet unsanft am Straßenrand. Abrupt stoppt der Verkehr, Bremsspuren zeichnen sich auf dem Asphalt ab.

Zwischen hupenden Autos und einer Baustelle
muss sich das Paar aus ihrem Luftschloss heraus-
rappeln. Anke hält sich krampfhaft an Christophs
Hemdkragen und Krawatte fest. Keine Sekunde
scheint vergangen, da versammeln sich Schaulusti-
ge. Die beiden kommen sich vor wie hochrangige
Politiker, die man vor den Blicken der Autofahrer
schützen muss. Als hätte *Ballon-Tours* diesen Zwischenfall geplant, rollt binnen Kurzem das weißbe-
flaggte Auto des Unternehmens zur Notlandestelle.
Der Fahrer hält die Autotüren auf, jongliert das
Brautpaar schützend wie ein Bodygard, aus der
Auto- und Menschenansammlung heraus und sorgt
für ein ungehindertes Einsteigen in den Wagen.
Im Auto legt Christoph den Arm um seine Braut.
Als er ihr über das zerzauste Haar streicht, ist alle
Aufregung verschwunden und sein Herz macht
einen kleinen Flügelschlag:

»Alles noch einmal gut gegangen. Ich hatte ein
leichtes Grummeln im Bauch, als der Ballon in den
Himmel schwebte. Doch als wir jetzt unsanft lan-
deten, war ich irgendwie froh, wieder den Erdbo-
den erreicht zu haben.«
Der Fahrer schaut zu ihm in den Rückspiegel: »Na,
da haben Sie sich ja eine abenteuerliche Fahrt aus-

gesucht. Hoffen wir einmal, dass es weiterhin viel Glück bringt.«

Die Nachmittagssonne leuchtet. Am Horizont Federwolken, orangefarbene Flecken wie ausgegossener Wein.

Eine Woche später steht Christoph an der Küchentür der gemeinsamen Wohnung. Die Hände in den Hosentaschen, schaut er zu seiner jungen Frau. Anke sitzt am Küchentisch, er sieht die silbrigen Spitzen ihrer Pumps unter dem Tisch. Sie hält den Teepott mit beiden Händen umschlossen, schaut ihn mit großen Augen an. Sein Herz fliegt ihr zu, aber seine Worte bleiben ihm im Hals stecken, als er sie anschaut. Er hat den Eindruck, sie will ihm etwas Wichtiges mitteilen, sonst hätte sie ihn nicht gebeten, seinen Schreibtisch zu verlassen, um zu ihr in die Küche zu kommen. Sie trinkt einen Schluck, dann zieht sie die aufgeschlagene Zeitung zu sich heran und liest ihm laut vor: *Ein Heißluftballon musste gestern wegen eines technischen Defektes am Brenner des Ballons auf der A13 Richtung Berlin notlanden. Bei dem Zwischenfall am Autobahndreieck Radeburg wurde niemand verletzt. Autofahrer konnten rechtzeitig bremsen. Beide Fahrbahnen mussten kurzzeitig gesperrt werden. Die Bergung und der Abtransport des Ballons verliefen reibungslos.*

Sie zupft Strähnchen aus ihrem hochgesteckten Haar, dreht sie um die Finger: »Von einem Brautpaar steht hier nichts, das war doch aber unser Heißluftballon, oder?« Sie schaut zu ihm, und als sie die Zeitung zur Seite legt, scheint das Thema abgehakt. Ihre Augen nehmen einen anderen, ganz eigenartigen Glanz an. Ihre Stimme wird langsam und leicht: »Heute habe ich eine Überraschung für dich. Ich könnte dich raten lassen …« Sie blickt in ihren Tee, als habe sich dort des Rätsels Lösung versteckt. Er spürt eine plötzliche Hitze im Kopf, wie ein Glimmen, ein kleines sich entzündendes Feuer. Überraschungen hat er noch nie besonders gemocht. Anke malt mit ihren Fingern unsichtbare Figuren auf das Tischtuch, dann lehnt sie sich zurück, schaut ihn an: »Ich bin schwanger, zweiter Monat.«

Christoph spürt, wie das Blut aus seinem Gesicht weicht, wie der Unterkiefer nach unten kippt. »Ich wollte es dir erst nach der ärztlichen Untersuchung sagen, weil«, sie stockt. »Der Aufprall mit dem Ballon hatte keine ernstlichen Auswirkungen. Der Arzt sagte, es sei alles in Ordnung.« Christoph geht zum Küchenschrank, gießt sich ein Glas

Whisky ein. »Was ist? Freust du dich nicht? Du schaust so ernst.« Er leert in einem Zug das Glas, stellt es auf dem Küchentisch ab. »Das geht mir alles zu schnell.« Ein schwerer Nebel legt sich auf seine Brust. Ein Kind? In ihm ist plötzlich eine Narbe, die verheilt geglaubt, wieder aufgeplatzt. Er spürt schmerzhaft eine Wunde. Es rauscht in seinem Kopf und brodelt in der Magengegend.

»Ich weiß«, sagt Anke mit weicher Stimme:

»Dein Phantomschmerz. Ach komm, freu dich! Du wirst ein guter Vater, da bin ich sicher. Und außerdem hast du noch sieben Monate Zeit, dich darauf vorzubereiten«, ein Lächeln, das in den Augenwinkeln beginnt und dann ihre Lippen erreicht.

Sie steht auf, stupst mit dem Zeigefinger auf seine Nasenspitze, lacht: »Wenn es ein Junge wird, dann wird er bestimmt einmal Pilot.«

Er kann jetzt unmöglich an seinen Schreibtisch zurückkehren, geht ins Schlafzimmer, holt seine Jogginghosen hervor, die Sneakers, schaut durch die offenstehende Küchentür. Anke sitzt immer noch vor dem Teepott und der Zeitung.

»Ich geh mal eine Runde joggen«, und verlässt die Wohnung.

Draußen empfängt ihn ein vorwurfsvoll strahlender Sonnenschein. Er läuft Richtung Stadtpark.
Die Sonne blendet. Es ist, als stünden seine Augen einen Moment lang in Flammen.
Sonntagsvormittagsstimmung.
Wer noch nicht seine Runden gelaufen ist, begegnet ihm jetzt. Sportlich junge Jogger.
Werdende Väter?
Seine Gedanken laufen wirr durcheinander.

Er muss den Sandweg überqueren, um im Park auf seine Joggingstrecke zu kommen. Dunkler Sand, von Furchen gezeichnet.
Aufgewühlt von Fahrrädern und Kinderwagen, Sportschuhen, Kinderschuhen. Fußabdrücke.
Hundespuren. Diesen Weg gab es schon zu seiner Kinderzeit.
Er spürt die Sandkörner in den Schuhen.
Fußspuren im Sand.

# II

Es begann im Zimmer seiner Mutter ...

Die Mutter hatte Spätdienst im Krankenhaus, Christoph war allein in der Wohnung. Iris, die Nachbarin, hatte kurz nach ihm geschaut.

Sie wolle die Fernsehserie nicht verpassen, – ein Blick auf ihre Armbanduhr: »Bei dir alles okay? Hausaufgaben fertig? Deine Mutter hat angerufen, sie kommt in zirka einer Stunde«, dann war sie verschwunden.

Vom Fußballcamp mit der Schulklasse zurückgekehrt, die motivierenden Worte des Trainers noch im Ohr, hatte er seinen Fußball vom Schuhschrank geangelt und sich, da es draußen regnete, mit dem Ball zum Zimmer der Mutter jongliert.

Das Zimmer war der größte Raum in der kleinen Wohnung. Mutters Schreibtisch samt Stuhl und Papierkorb hatte er zur Seite geräumt, so dass sich für ihn zwischen Fensterfront und Kleiderschrank ein idealer Platz zum Kicken bot. Da er unter ihm und über sich die Schlafzimmer der

19

Nachbarwohnungen wusste, konnte er sicher sein, dass sich zu dieser Nachmittagsstunde keiner über den Lärmpegel beschweren würde. Die Worte des Trainers: *Ball mit dem Fuß nach oben kicken, nicht auf den Boden fallen lassen, immer unter Kontrolle halten*, übte er erst mit dem rechten Fuß, dann mit dem linken. Doch links war er ungeschickt. Ärgerlich stieß er den Ball mit voller Wucht in Richtung Kleiderschrank. Das war jetzt weit über das Tor hinausgeschossen, würde der Trainer sagen. Einem kleinen Erdbeben gleich, landete der Fußball auf dem Schrank, ein Schuhkarton sauste krachend von oben herunter, dicht an seinem Kopf vorbei.

Noch im Fallen öffnete sich der Karton und ergoss seinen Inhalt über den Fußboden. Fotos flatterten ihm entgegen. Ein Taschenmesser, eine alte Armbanduhr - die entweder 7.40Uhr morgens oder abends stehengeblieben war - krachten auf den Boden. Etwas dunkles, metallisch Klingendes rutschte unter den Schrank. Urplötzlich war sein sportlicher Ergeiz verpufft. Er sammelte die Fotos zusammen, hockte sich auf den Fußball und ließ ein Foto nach dem anderen durch Finger und Blickfeld gleiten. Bei einem Gruppenfoto hielt er inne:

Jugendliche - die Jungen in den beiden hinteren Reihen, die Mädchen vorn - festlich gekleidet, jeder hielt einen Blumenstrauß in der Hand und ein Buch. Die Jungen trugen dunkle Anzüge. Alle schauten lächelnd in die Kamera. Am rechten Außenrand erahnte er seine mädchenhafte Mutter. Sie trug ein kurzes Kleid mit ballonartig abstehendem Rock, hatte die Blumen unter den Arm geklemmt und hielt das Buch direkt in die Kamera: *Der Sozialismus, Deine Welt.* Von so einem Buch hatte die Mutter nie erzählt. Das interessierte ihn, er würde in ihrem Bücherregal zwischen den vergilbten Reclambänden suchen. Meist hatte sie hinter der ersten Buchreihe noch andere Bücher deponiert. Er schaute sich das postkartengroße Foto genauer an. Eine Bühne, ein Vorhang. Im Hintergrund ein Plakat in Großbuchstaben: Jugendweihe 1978.

Er überlegte. So etwas gab es heute noch. Die vierzehnjährige Tochter der Nachbarin war kürzlich, aufgemotzt und bis zur Unkenntlichkeit geschminkt, mit ihren Eltern zu so einer Veranstaltung gegangen. Seine Mutter hatte verächtlich das Gesicht verzogen:

»Heute gehen die Jugendlichen freiwillig dahin, zu meiner Zeit ...« Er hätte gern mehr darüber gehört, aber die Mutter zog ihn in die Wohnung, knallte die Tür zu und blieb stumm. Komisch, in solchen Momenten hatte er das Gefühl, sie würde mit ihm über das *Früher* reden, über den Vater vielleicht …

Vielleicht war es einfacher das Thema *Vater* nicht zu berühren. Christoph, darauf bedacht, die Mutter nicht traurig zu sehen, hatte beschlossen, dass es einen Vater für ihn nicht gibt. Er stellte seiner Mutter keine Fragen und sie ihm auch nicht. Er erzählte nicht viel. Nicht über die Schule, nicht über seine Freunde, nicht, wo er sich am Tag herumtrieb, nichts. Wenn die Mutter doch einmal fragte: Wie war dein Tag, dachte er sich etwas aus …, es stimmte nicht und die Mutter merkte es nicht.

Sie kam immer erschöpft vom Frühdienst oder Nachtdienst. Wenn sie Spätdienst hatte, schaute die Nachbarin nach ihm.

Wenn er nachmittags nach der Schule mit den Freunden im alten Lokomotivschuppen bei den Gleisen spielte, vermisste ihn niemand.

Erst seit dem Schulanfang als nach dem Gruppenfoto mit der Lehrerin auch Familienfotos gemacht wurden, war ihm wieder bewusst, dass er weder Vater noch andere Familienmitglieder hatte.

Er stand mit seiner Mutter allein auf der Treppe vor dem bunt geschmückten Schulgebäude.

Die Zuckertüte so groß als hätte sie die Aufgabe einen Hohlraum auszufüllen. Unerträglich quälend spürte er an diesem Tag, wie schwer es war, ein vaterloser Sohn zu sein und schmerzhaft die Abwesenheit seiner Oma – sie sei in den Himmel gegangen, damit der Opa nicht so allein ist, hatte die Mutter gesagt. Nach dem Vater wagte er nicht zu fragen. Oma hatte ihm beigebracht, dass man sehr gut ohne einen Vater auskommen konnte. Schließlich habe sie auch keinen gehabt, und, sie hatte beim Reden beide Arme in die Luft geworfen: Sehe ich etwa traurig aus?

Er stellt sich manchmal vor, wie seine Eltern sich kennenlernen, eine wunderbare Zeit miteinander verbringen … Als sie auseinandergehen, sagt er zu ihr, dass er zurückkommen würde. Sie wartet. Aber er kehrt nicht zurück.

Was sollten die beiden Frauen ihrem Jungen da auch erzählen? Irgendwann, soviel war klar, würde der Vater kommen und ihn mitnehmen: Wenn die Mutter zum Spätdienst aufgebrochen ist, klingelt er an der Wohnungstür, nimmt ihn an die Hand, geht groß und stark mit ihm, für alle sichtbar, durch die Straßen. Hand in Hand.

An dem Haus vorbei, in dem Uwe wohnt. Hinter der Gardine von Uwes Kinderzimmerfenster taucht ein Gesicht auf … Allen, denen sie begegnen, ist stillschweigend klar, der Vater ist gekommen, seinen Sohn zu holen, er nimmt ihn mit nach Amerika.

Tagträume nur. Dass er Vatersehnsucht hatte interessierte keinen.

Schon am ersten Schultag hatte er sich mit Sven und Uwe angefreundet. Sie gehörten beide zu den Schwächeren der Klasse, Sven stotterte leicht, hatte auch keinen Vater. Uwe wohnte mit seinen Eltern zwei Straßenblocks entfernt, er spielte Fußball und hatte einen super Vater. Uwes Vater war Eisenbahner. Er hatte den Jungen den alten Schuppen am Rangierbahnhof gezeigt. Man ging über sandigem Pfad durch ein kleines Wäldchen zum alten Bahnhofsgelände. Auf rostigen Schienen stand noch ein alter Güterwaggon.

Ein Klappdeckelwagen, erklärte Uwes Vater. Er habe Seitenwände, die durch senkrechte Streben beidseitig in zwei Felder geteilt sind. Das war der erste Wagen, der eine Handbremse hatte. Einen Achsstand von sechs Meter und einen Laderaum von achtundzwanzig Kubikmeter bei einem Ladegewicht von zwanzig Tonnen, er verfügte über sechs Dachklappen ..., dort durften sie spielen.

Uwes Vater wusste sehr viel über die Entwicklung der Eisenbahnwaggons. In dem alten Waggon hatten die Jungen sich einen Unterschlupf eingerichtet, um sich vor dem Absturz eines Asteroiden zu schützen. *Asteroid*, was das ist, lernte Christoph von Uwe. Uwes Hobby war die Weltraumforschung. Er besaß schon in der ersten Klasse die Memo-Bücher über Weltraum und Forschung, und während Christoph seine Leseaufgaben nach den Vorgaben der Lehrerin bewältigte, blätterte Uwe in seinen Weltall-Büchern.

Hin und wieder ließ Uwes Vater, wenn er einen Interregio auf das Abstellgleis fuhr, die Jungen mitfahren, dann erklärte er, was ein Eisenbahner beachten musste, und Christoph war sich sicher, später einmal Eisenbahner zu werden.

Er liebte es, allein am Bahnhof zu stehen, den Geruch von Ferne in der Nase. Die erwachsenen Reisenden ..., jedem dichtete er eine Geschichte an. Den Herren mit langen Mänteln und großen Koffern versuchte er, ins Gesicht zu schauen: Ob das Väter waren, die Frau und Kind verließen und in ferne Länder reisten?

Manchmal stieg er in einen Zug ein, egal wo er hinfuhr. Dann musste er nach zwei Haltestellen aussteigen, der Schaffner hatte ihn entdeckt. Gegen Abend im Zug dann wieder zurück, und noch einmal eine Runde mit dem Schaffner Versteck spielen.

Er wühlte weiter in den Bildern. Ein Briefumschlag lag zwischen den Fotos, er öffnete ihn und zog ein verblichenes Farbfoto heraus. Das Foto zeigte einen jungen Mann auf einem Fahrrad sitzend, im Hintergrund Baumstämme, die wie Bleistifte in der Erde steckten.

Das Männergesicht schaute ihm direkt in die Augen. Irritiert und enttäuscht zugleich, steckte er das Foto wieder in den Umschlag zurück. Er hatte sich einen Brief, irgendetwas Aufschlussreiches erhofft. Er griff zu einem Farbfoto, auf dem seine Oma ihm entgegenschaute. Sie saß in einer bunten Kittelschürze vor der Gartenlaube ihres Schrebergartens. Er sah den Gartentisch und die Campingstühle, zwischen denen er als kleiner Junge im Sommer hin- und hergekrabbelt war, nach Steinchen gesucht und Löwenzahnblumen gepflückt hatte, die auf seiner Haut klebrig dunkle Flecken hinterließen. Ein Foto, das kurz vor seinem Schuleingang entstanden sein musste:

Er schaute mit einem lachenden Zahnlücken-
gesicht, die Oma lächelte auch. Seine Augen wurden feucht.

Dieses Lächeln hatte er beinahe vergessen, wie
ein wärmender Mantel legte es sich um ihn. Die
Zeit bis zum Schulanfang hatte er fast ausschließ-
lich bei der Großmutter verbracht.
Im Sommer im Schrebergarten, im Winter in ihrer
kleinen Mietwohnung in dem zweistöckigen Eck-
haus am Schützenplatz.

In Omas Garten übte er mit einem weißen Ten-
nisball Fußballspielen auf holprig grünem Unter-
grund. Die Oma stand mit ausgebreiteten Armen
auf dem Rasen und kickte den Ball zurück. Wenn
der Regen aufs Gartenhäuschen klopfte, saß er auf
Omas Schoß unter dem Vordach, schaute den
Regentropfen zu, sah, wie sich auf dem Kiesweg
Pfützen bildeten und Wasserblasen darauf spielten.
Wenn das Gewitter vorbeigezogen war, durfte er
barfuss in den Pfützen plantschen.
Er strich mit der Hand über das Foto und mit dem
Zeigefinger behutsam über Omas Gesicht.


Fast hätte er über dem Betrachten des Fotos den
klirrenden Gegenstand, der unter den Schrank gerutscht war, vergessen.

Er legte sich bäuchlings auf den Fußboden und schaute ins staubig dunkle Geviert, tastete sich vorwärts. Vor einigen Jahren hätte er noch auf einen Schatz von Käpt`n Brise getippt, doch diese Zeiten waren vorbei.

Als er schließlich mit dem Kopf halb unter dem Schrank klemmte, konnte er seinen Fund erreichen.

Langsam zog er einen Schlüssel ans Licht, schwer und rostig. Am Schlüsselring baumelte eine Metallplakette. Noch ehe er alles richtig inspizieren konnte, hörte er Geräusche an der Wohnungstür.

In Windeseile warf er alle Utensilien in den Schuhkarton zurück, stellte ihn neben den Schrank, steckte den Schlüssel in seine Hosentasche und ging in den Korridor.

An der Wohnungstür stand wieder die Nachbarin: »Deine Mutter hat noch einmal angerufen. Ich soll dir sagen, sie kommt etwas später, du sollst schon mal den Abendbrottisch decken«, sie schaute prüfend:

»Alles in Ordnung mit dir?«, dann war Iris wieder verschwunden. Christoph ging zurück in Mutters Zimmer, rückte Schreibtisch und Stuhl, den Papierkorb zurück an ihren Ort.

Da war noch der Schuhkarton. Wie sollte er den wieder nach oben kriegen? Er schob den Stuhl vor den Schrank, ging in sein Kinderzimmer, um die gesammelten Werke von Karl May zu holen.

Er schleppte die Bücher hinüber, immer vier Bände auf einmal, bis der Stapel hoch genug war, dann kletterte er darauf. Der *Schatz im Silbersee* begann zu schwanken, doch *Winnetou* hielt ihn, und der Karton kam wieder zurück an seinen Platz. Im Kinderzimmer, warf er sich auf sein Bett und angelte den Schlüssel aus der Hosentasche. Der Schlüssel sah krass aus. Er war länger und gedrungener als ein normaler Schlüssel. In die Metallplakette waren Buchstaben eingeritzt: MICHA.
Offenbar war der Schlüssel einmal extrem wichtig gewesen.
Gedanken trieben wirr, völlig zusammenhanglos durch seinen halbleeren Kopf.
Als Christoph die Wohnungstür knarren hörte, sprang er auf, ließ den Schlüssel in seinem kleinen Tresor verschwinden und rannte in die Küche. Mutters Stimme schallte vom Korridor herüber: »Hat Iris dir nicht gesagt, dass ich später komme?«
Die Mutter schaute durch die offenstehende Küchentür, unausgesprochene Vorwürfe.

So war es immer, übelgelaunt kam sie vom Spätdienst nach Hause, kein Wort, wie es ihm ergangen war.

Am nächsten Morgen – die Mutter musste zum Frühdienst, kam sie an sein Bett, um ihn zu wecken –, er sagte, er sei krank, habe Bauchschmerzen und könne nicht zur Schule. Das war die allererste Lüge, die er ihr erzählte.
Die Mutter legte ihre Hand auf die Stirn und meinte: »Du fühlst dich etwas heiß an.«
Sie brachte ihm Kamillentee, befahl ihm, im Bett zu bleiben, und verschwand. Er wartete noch einige Minuten, dann lief er im Schlafanzug durch die Wohnung, probierte den Schlüssel in allen Schlössern der Wohnung aus. Dass er nicht zur Eingangstür passte, war klar, denn er entsprach nicht dem, den er an seinem Band um den Hals trug. Was bedeuteten diese Buchstaben auf der Plakette? MICHA, offenbar ein Name.

Er zog sich an, kippte den Kamillentee in den Ausguss, verschlang eine ganze Tafel Puffreis-Schokolade, die er aus seinem Geheimfach geholt hatte, verließ die Wohnung, und lief in schnellen Schritten zu seinem Freund, dem alten Gustav. Er war größer als die meisten anderen Erwachsenen, er war so um die sechzig, aus Christophs Perspektive turmhoch und steinalt.

Gustav betrieb eine kleine Autoschlosserwerkstatt und nebenbei einen Schlüsseldienst.

Zu ihm ging er, wenn er trübsinnig war und auf nichts anderes „Bock" hatte. Bei Gustav durfte er, wenn dieser unter einem Auto lag, baute und schraubte, manchmal auch fluchte, weil in dem neben ihm stehenden Werkzeugkasten nichts zu finden war, am Werkzeugtisch sitzen und Schrauben sortieren, Unterlegscheiben und Muttern (warum heißen die eigentlich Muttern, hatte er Gustav einmal gefragt: Weil die dem Ganzen den Halt geben, hatte Gustav spontan geantwortet).

Wenn Gustav freie Zeit hatte, erklärte er fachmännisch die Bedienung der Hebebühne oder erzählte lustige „Ossi-Geschichten", Geschichten aus dem vorigen Jahrhundert.

Aus der Zeit, als er Schlosserlehrling im VEB Stahl- und Walzwerk war.

VEB heißt übersetzt: Volkseigener Betrieb, erklärte er jedes Mal erneut, bevor er mit seiner Story begann.

Die Geschichte mit dem Toilettenpapier zum Beispiel: »Eine Klorolle von damals – graues hartes Papier – wurde von der Sekretärin des Chefs zugeteilt, weil das Papier knapp war. Man musste sich die Rolle vor dem Toilettengang abholen: Weißt du, wie peinlich das war? Ich habe mir meine Scheißerei möglichst für zu Hause aufgespart, dort hatten wir oft nur Zeitungspapier, aber das war mir egal.« Gustav hatte schallend gelacht und gemeint, dass schon deshalb die Mauer fallen musste, damit man sich weich und weiß in kilometerlangen Toilettenpapierbahnen über den Hintern streichen kann, und er lachte so laut, dass die Wände zu zittern schienen.

Als Christoph mit seinem Schlüsselfund in der Tasche an dem offenen Werkstor stand, legte Gustav seinen Schraubschlüssel zur Seite, wischte sich die Hände an einem Lappen ab, ging mit scharfen, eckigen Bewegungen auf Christoph zu, Bewegungen, die ihn jedes Mal an die des Kuckucks erinnerten, der plötzlich aus dem Türchen von Omas Wanduhr geschossen kam, und empfing ihn mit der zu erwartenden Frage: »Keine Schule heute?«

Die nächste Lüge des Tages: »Drei Stunden Ausfall …«, Christoph holte den Schlüssel aus der Hosentasche, und zeigte Gustav seinen Fund.

»Willst du wieder einen Schlüssel nachmachen lassen?«, fragte Gustav. »Streng geheim«, sie

klatschten kumpelhaft ihre Handflächen gegenei-
nander: »Indianerehrenwort«.

Christoph fragte, wofür er passen könnte. Gustav
betrachtete mit seiner bierglasdicken Brille den
Schlüssel, drehte ihn in seinen großen Händen hin
und her, schaute sich die Initialen auf der Metallplakette an und schüttelte den Kopf: »Der Schlüssel ist alt, Schlösser, zu denen er passen könnte,
gibt es vielleicht noch an alten denkmalgeschützten
Häusern.« Er hielt sich den Schlüssel vors Gesicht:
»Vielleicht gehört er zu irgendeinem alten Tresor.

Es könnte auch ein Schlüssel zu einem Schuppen
sein, oder einem Keller. Solche Schlüssel gibt es
heute nicht mehr.«

Christoph war enttäuscht.

Gustav zuckte mit den Schultern. »Ich glaube, ich
kann dir da nicht helfen. Es ist ein alter Schlüssel.
Nichts wert. Wirf ihn weg«,

er kratzte sich am Hinterkopf: »Wo hast du den
Schlüssel gefunden?«, und legte ihm die Hand auf
die Schulter. »Geheimnis, was?« Christoph stellte
sich auf die Zehenspitzen, reckte seinen Arm so
hoch wie möglich, um ihm auch eine Hand auf die
Schulter legen zu können: »Genau! Ein Geheimnis«, er winkte kurz mit der Hand und rannte in
seine Wohnsiedlung zurück.

Es war ein stiller Vormittag. Die Sonne fleckte seinen Weg, Blätterschatten von Linden- und Kastanienbäumen. Die Häuser schauten grau auf ihn herab. Ein Hund folgte ihm ein Stück, breites Grinsen, die Zunge heraushängend, als wüsste er, wo Christoph hinzugehen hatte.

Christoph begann an den Türen der Hauseingänge seinen Schlüssel auszuprobieren. Er sah plötzlich überall Schlösser.

Schlösser an den Mülltonnen, Schlösser am Transformatorenkasten.

An seinem Hauseingang angekommen, probierte er seinen Schlüsselfund an der Kellertür aus,
am Stromkasten. Nichts ...
Es brachte alles nichts.


Am darauffolgenden Tag – die Mutter hatte ihn für gesund erklärt –, als er mit der Schultasche auf dem Rücken zur Schule ging, an der Buchhandlung vorbei, kam ihm eine Idee:
Die Buchhändlerin Barbara, Freundin seiner Mutter, könnte er fragen.
Auch sie gehörte, wie Schlüssel-Gustav, zu seinen Vertrauten. Vielleicht kann Babara ihm helfen.

Er hat den Parkweg erreicht.
Er findet seinen Rhythmus, auch die Gedanken
geraten in Fluss. Er hat vergessen,
den Schrittzähler einzuschalten.
Im Laufen bedient er den Touchscreen.
Schritt, Schritt, Schritt ...
Oberkörper nur minimal nach vorn beugen,
die Arme schwingen mit, geradlinig und locker,
entgegengesetzt zu den Beinen.
Seine Füße schmerzen.
Bei jedem Schritt eine Erinnerungssequenz.

# III

**W**aren es die Gegenstände – die männliche Armbanduhr, das Taschenmesser, das Foto im Briefumschlag, der Schlüssel? Waren es die Buchstaben auf der Metallplakette? Was war es, dass die Hoffnung Schicht um Schicht wieder zurückgekehrt war, die Hoffnung, der Vater könne noch leben und irgendwo auf ihn warten. Christoph lag abends in seinem Bett, dachte über Dinge nach, von denen er nie gedacht hätte, dass er sie denken würde. Das von der Jalousie in Streifen geschnittene Licht des Mondes lag auf seinem Bett, und er konnte sich einbilden, dass eine behaarte Männerhand über seine Bettdecke streicht, über seinen Kopf, das Lederband der Armbanduhr kitzelt, die tiefe Stimme erzählt eine Gute-Nacht-Geschichte, eine Geschichte von dem Mond, der auf die Erde kullert, groß und rund und hell. So im Bett liegend stellte er sich vor, wie es wäre, wenn er zaubern könnte. Zum Beispiel, dass sie in dieser kleinen Wohnung eine richtige Familie wären:

Mutter, Vater, Kind.

Dass immer einer von beiden da ist, mit ihm Hausaufgaben macht, mit ihm ins Kino geht, mit ihm auf dem Fahrrad durch den Park radelt.

Alles konnte man sich vorstellen.

Als wäre eine ferne Botschaft aus dem All – *Asteroid,* würde Uwe sagen –, auf ihn herabgestürzt ... Die Fundstücke in dem Schuhkarton hatten Christophs Tagesablauf völlig durcheinandergebracht. Die meiste Zeit saß er in seinem Zimmer, grübelte und wartete auf das Wochenende bei Barbara. Seine Gedanken kreisten um den Schlüssel. Noch einmal hatte er den Karton von Mutters Schrank geholt und sich den Inhalt genau angeschaut.

Die Armbanduhr war sehr alt, hatte ein breites, braunes Lederarmband und einen altmodischen Handaufzug. Beim Versuch, die Uhr aufzuziehen, rutschte er ab und dachte bewundernd an seine Oma, die ihre Armbanduhr jeden Abend mit einer immensen Schnelligkeit und geschickten Fingern aufgezogen hatte.

Dann endlich Wochenende.

Die Mutter kam vom Nachtdienst, abgezehrt, dunkle Höhlen in ihrem Gesicht. Manchmal ängstigte ihn die Vorstellung, Mutter könnte umkippen und bewusstlos auf dem Boden liegen. Diese Gedanken versuchte er mit sachlichem Ton wegzuwischen, indem er sagte:

»Ich gehe zu Barbara, du kannst schlafen gehen«, und seine Jacke vom Haken nahm, vom Korridor zur offenstehenden Küchentür zeigte: »Ich habe den Frühstückstisch gedeckt. Die Brötchen sind aufgebacken.«

Dann verließ er, ohne eine Reaktion seitens der Mutter abzuwarten, die Wohnung.

Auf dem Weg zu Barbara kannte er jeden Stein: Das Schachbrettmuster vor dem Bäckerladen. Den alten Eckstein, an dem er sich oft stieß, wenn er es eilig hatte. Die abgesenkten Bordsteinkanten – Einfahrten zu den Parkplätzen –, die ihn jedes Mal ärgerten, wenn sie ihn auf dem Nachhausweg beim Balancieren stoppten.

An jenem Morgen sprenkelten Lichtstrahlen, die durch das Blattwerk zu Boden fielen, seinen Weg, flirrten unter seinen Füßen und wurden zu einem fliegenden Teppich aus Licht und Schatten.

Er hüpfte über die Steinplatten, dem Schlüsselgeheimnis entgegen. Als sei der Schlüssel in seiner Hosentasche lebendig geworden hüpfte auch dieser. Er fiel dem Mann, der ihm mit seinem Hund jeden Samstagmorgen begegnete, direkt vor die

Füße. Dieser stellte mürrisch seinen Fuß darauf und blockierte den Weg: »Willst wohl mit deinem Schlüssel meinen Hund erschlagen?« Christoph musste höflichst um Entschuldigung bitten, sich vom Hund anbläffen lassen, und durfte dann, nach gefühlten zehn Minuten, den Schlüssel unter dem Schuh des Herrn hervorholen.

Mit schmutziger Hand krampfhaft den Schlüssel haltend, stand er schließlich verspätet vor dem Haus, in dem Barbara wohnte – sie hatte immer ein Frühstücksbüfett vorbereitet, wenn er kam, und sie liebte Pünktlichkeit.

Er klingelte und wartete ungeduldig auf Einlass.

Er klingelte ein zweites, ein drittes Mal. Nichts tat sich, obwohl Barbara doch wusste, dass er heute kommt.

Eine Frau, die Tür an Tür mit ihr wohnte, schaute aus dem Fenster und rief: »Du willst zu Barbara? Sie müsste eigentlich zu Hause sein. Manchmal schläft sie lange und steht erst gegen Mittag auf. Aber heute ist dein Wochenende, das hat sie mir gestern noch verkündet. Sie freut sich immer sehr, wenn du kommst«, die Frau lächelte. »Ich schaue mal nach.«

Es dauerte eine Weile, dann erschien die Nachbarin wieder am Fenster, ihr Gesicht sah gehetzt aus. Sie zuckte mit den Schultern: »Ich habe noch einmal geklingelt. Es rührt sich nichts. Der Schlüssel steckt von innen, da kann ich auch nichts machen.« Sie bat schließlich ihren Sohn um Hilfe. Der junge Mann stieg vom Balkon aus durch ein Fenster in Barbaras Wohnung.

Christoph lehnte an der Haustür, lauschte auf die bedrückende Stille. Frierend, obwohl es warm war, die Sonne auf die Steinstufen brannte und er Schweißtropfen auf Stirn und Nasenspitze spürte. Unverwandt blickte er immer wieder nach oben, vom Balkonfenster zum offenstehenden Fenster der Nachbarin. Er zuckte zusammen als er das schrille Sirenengedröhn des Rettungswagens hörte. Das Blaulicht flackerte.

Dann ging alles ganz schnell. Eine Trage, eine Rettungsdecke, ein blasses Gesicht, die Augen geschlossen. Ein Gesicht, das Barbara gehörte. Blitzschnell schoben die gelbrot gekleideten Männer die Trage in den Notarztwagen. Sie schlossen direkt vor ihm die rückwärtigen Türen, erst die linke Tür, dann die rechte, dann gingen sie gleichzeitig auseinander, öffneten links und rechts die Türen der Fahrerkabine, stiegen gleichzeitig ein. Ein sich entrollender Film im Schnelldurchlauf.

Christoph stand auf der Straße, starrte zu den hysterischen Alarmlichtern des Wagens, lief reflexartig einige Schritte hinterher und schaffte es gerade noch, sich in eine dunkle Ecke an die Hauswand zu lehnen. Er wimmerte und weinte.

Er hörte Laute aus seinem Mund, schluchzte in seine Hände. Es war, als risse ein Damm.

Wie lange? Minuten? Eine Viertelstunde?

Der Schlüssel schabte schmerzhaft in seiner Hosentasche. Er schleppte sich durch die Straßen, hielt den Kopf gesenkt, damit niemand seine Tränen sah, kickte ab und zu herumliegenden Unrat über das Pflaster und stand schließlich vor Gustavs Werkstatt. Das Tor war heruntergelassen, die Tür zum Büro verschlossen. Auf dem Werbeschild unter Gustavs Namen fand er Telefonnummer und Adresse. Indem er in seinem Rucksack nach Zettel und Stift suchte, fiel von hinten eine Hand schwer und wuchtig auf seine Schulter. Sein Herz stolperte, der Rucksack fiel zu Boden. Als Christoph sich aufrichtete, stand Gustav vor ihm. *Dich schickt der Himmel,* hätte Barbara jetzt gesagt.

Doch Gustav glaubte nicht an himmlische Wesen und Christoph hatte in diesem Moment seine Stimme verloren. Er schlang beide Arme um seinen Freund und weinte Erleichterung und seinen Kummer in ihn hinein.

»Was ist mit dir? Warum so traurig?« Gustavs tiefe Bassstimme hallte an sein Ohr und der Hosengürtel kratzte an seiner Wange. »Immer noch der Schlüssel?« Christoph wischte mit dem Handrücken die Tränen ab und schüttelte den Kopf. Gustav nahm seine Hand, ging zur Bürotür, schloss auf: »Komm erst einmal rein. Du hast Glück, dass ich heute hergekommen bin, ich habe etwas vergessen …, und du, warum bist du hier?«

Er fühlte schon wieder Feuchtigkeit in den Augen: »Barbara«, stotterte er: »Die Buchhändlerin, ist mit dem Notarztwagen abgeholt worden.«

Christoph spürte einen Schmerz in der Brust bis in den Hals hinauf. »Ach …, und deine Mutter hat Wochenenddienst?« Gustav wühlte auf seinem Schreibtisch in den Papieren herum, fand schließlich was er suchte und sagte: »Komm erst einmal mit zu mir nach Hause, dann werden wir weiter sehen. Sei ganz ruhig, die Ärzte geben deiner Barbara eine Spritze und dann wird alles wieder gut.«

Gustavs Auto hatte keine Fernverriegelung, er öffnete mit dem Schlüssel zuerst die Beifahrertür, räumte den Handwerkskasten nach hinten und ließ Christoph einsteigen. Das Auto ruckte beim Anfahren, Kies knirschte unter den Reifen. Gustavs Hände hielten krampfhaft das Steuer. Der Motor knatterte, der Werkzeugkasten schepperte. Er fragte mit lauter Stimme: »Können wir deine Mutter anrufen?« Er holperte mit seinem alten Polo gefährlich mittig über den weißen Streifen auf dem Asphalt.

»Zurzeit schläft sie noch. Sie hatte Nachtdienst«, rief Christoph gegen die Windschutzscheibe.

Es war bereits in den Mittagsstunden, wenig Autoverkehr auf den Straßen.

Sie fuhren im Schritttempo eine kleine Straße entlang, über kantiges Gestein, das den Wagen schlingern ließ. Gustav drehte im Fahren die Scheibe herunter, zeigte auf einen vierstöckigen Wohnblock: »Dort wohne ich«, deutete auf ein gardinenloses Fenster: »Vierter Stock.«

Er parkte sein Auto auf dem Platz vor dem Mietshaus, nahm seine Aktenmappe und verschloss die Autotüren. Sie gingen zum Eingang.

Eine Frau kam aus der Haustür, grüßte mit einem Kopfnicken, schaute seltsam ernst, fast böse, den beiden hinterher und verschwand dann hinter der Hauswand.

Im Treppenhaus war es ganz still. Wie um gegen die Stille zu protestieren, stampfte er hart auf die

Betonstufen der Treppe hinter Gustav her. Beim Betreten der Wohnung spürte Christoph erneut Tränen in den Augenwinkeln, er wäre jetzt so gern bei Barbara. Barbara hatte einmal zu ihm gesagt, wenn man die Hände faltet, wird alles gut. Aber wie sollte er hier einfach mal so die Hände falten? Wie sollte das gehen? Er hatte es noch nie ausprobiert. Gustav legte den Wohnungsschlüssel auf das Garderobenschränkchen, seine Aktenmappe dazu und führte Christoph in die Küche, die klein und eng war und gleichzeitig auch Gustavs Wohnzimmer zu sein schien, denn in einer Ecke standen Sessel und Fernseher.

Durch eine halbgeöffnete Tür konnte er ins Schlafzimmer sehen. Kühlschrank und Herd standen an der Wand gegenüber. Gustav schob einen Hocker unter dem Tisch hervor:

»Setz dich, willst du etwas Trinken?« Christoph dachte an das Frühstücksbüfett, das Barbara immer ihm zu Ehren aufgebaut hatte, wenn er am Wochenende bei ihr war. *Brunch*, sagte sie dazu.

Er schaute zu Gustav, der den Kühlschrank inspizierte. Durch den Schleier seiner Tränen wirkte Gustavs Gestalt wie ein breiter, grauer Fluss. Der über die Hose quellende Bauch schwappte hin und her, wie ein Strudel, der überzulaufen drohte.

Christoph wischte mit dem Handrücken das Wasser aus den Augen.

Ihm kippte die Stimme weg, er presste die Lippen aufeinander, wartete, schluckte, holte tief Luft und versuchte durch die Nase zu atmen: »Ich«, setzte er an, »habe heute noch nichts gegessen. Hast du etwas Essbares da?« Gustav öffnete den Kühlschrank, nahm die Butterdose heraus, holte aus einem Tontopf einen Kanten Brot, legte ein Küchenbrett und ein Messer vor Christoph hin, ging in den Nebenraum, kam mit einem Stuhl zurück. Gustav scheint einsamer zu sein als ich, dachte er. Die ganze Wohnung war mit Leere, Stille, Alleinsein vollgestellt.

Als Gustav sich mit einer Flasche Bier in der Hand zu ihm gesetzt hatte, wollte er noch einmal genau wissen, was sich zugetragen hatte. Dann schaute er auf seine Küchenuhr: »Halb zwei Uhr. Wir müssen deine Mutter anrufen.« Christoph hatte den Brotkanten zerteilt, bestrich sich ein Stück Brot mit Butter: »Bestimmt schläft sie noch.« Er biss gierig ins Butterbrot und meinte zwischen zwei Bissen, dass die Mutter unbedingt noch schlafen müsse, dass sie am Abend wieder zum Nachtdienst muss, dass sie sich keine Sorgen machen wird, weil sie ihn bei Barbara vermutet.

Gustav wirkte unruhig, stand immer wieder vom Stuhl auf, ging in der Küche hin und her, dann in den Korridor, wo sein Telefon stand.

Christoph hatte ihm Mutters Telefonnummer gegeben. Gustav drehte nervös den Telefonhörer in seinen Händen.

Schließlich wählte er die Nummer, hielt den Hörer ans Ohr, wartete, fuchtelte mit dem linken Arm durch die Luft. Am anderen Ende meldete sich niemand.

Gustav versuchte es noch einige Male, wählte die Nummer. Nichts ...

Seltsam, in seiner Werkstatt hatte Gustav immer etwas zu erzählen, zu reden. Hier saßen sie sich schweigend gegenüber. Gäbe es eine Wanduhr in der Küche, würde man sie ticken hören.

Schließlich stand Gustav auf, holte sich noch ein Bier aus dem Kühlschrank, klopfte Christoph auf die Schulter: »Du wirst recht haben, deine Mutter muss sich keine Sorgen machen. Sie vermutet dich bei Barbara. So machen wir uns einen schönen Tag, okay?«

Er fegte mit seinen großen Händen die Brotkrümel vom Tisch, holte die Skatkarten aus dem Schrank und erklärte Christoph, wie man Offiziersskat spielt.

Ob es Ablenkungsmanöver waren, ob Gustav selbst gern Skat spielte und froh war, einen Mitspieler gefunden zu haben? Christoph hatte das Spiel schnell begriffen und sogar zweimal gewonnen. Die Zeit verstrich. Von der Wohnung nebenan dröhnten die immer gleichen Takte einer Schlagermelodie.

Es wurde Abend. Gustav holte aus dem Tiefkühlfach zwei große runde Pizzas, schob sie in den vorgeheizten Herd und kam wieder an den Küchentisch. »Was machen wir nach dem Essen?«, er zeigte auf den Fernseher:
»Es gibt im Fernsehen heute den Film *Durch die Wildnis*, der könnte dich interessieren, und da du ja offiziell bei Barbara bist…«, er lächelte, »ich kann dir meine Isomatte neben mein Bett legen, einen Schlafsack habe ich auch.«
Christoph konnte lange nicht einschlafen.

Der Schlafsack roch muffig und der Reißverschluss drückte unangenehm an seine Wange. Noch etwas drückte: Der Schlüssel in seiner Hosentasche.

Er hatte die Jeans anbehalten, der Schlüssel verband ihn gedanklich mit Barbara. Gustav schnarchte. Seine Bettdecke war zur Seite gerutscht, das rechte Bein angewinkelt, das linke langgestreckt.

Würde das Bett senkrecht stehen, sähe Gustav aus wie ein Bergsteiger, der gerade die Steilwand erklimmt. Die Gedanken trieben ihn langsam in Orte, wo die Wirklichkeit in Träume überging.

Er kletterte auf einem Felsen herum, sah Barbaras Gesicht, weiß wie eine Totenmaske, weit über ihm. Er wollte zu ihr, blieb aber an einem spitzen Stein hängen, die Maske rief undeutliche Laute nach unten. Ein großer schwarzer Schlüssel flog herab, direkt über seinen Kopf hinweg …
Er wollte ihn auffangen, dabei stürzte er in die Tiefe, fiel und fiel und fiel und … erwachte.


Hatte er geschrien? Gustav kniete neben ihm: »Was ist, hast du schlecht geträumt?« Eine bleierne schwarze Angst war noch in ihm, als er sich den Traum aus den Augen wischte.
»Ich hole dir etwas zu trinken«, Gustav ging in die Küche.
Als alles still war und Gustav wieder neben ihm schnarchte, klopfte plötzlich sein Herz sehr heftig, ihm war als wäre der ganze Raum mit seinen Herzschlägen ausgefüllt.
Die Wände begannen zu vibrieren, zu wackeln. Bis ihn das Wackeln endlich einschläferte.

Es musste noch früh am Morgen sein, als es an Gustavs Wohnungstür klingelte und gleich darauf lautstark geklopft wurde: »Aufmachen, Polizei!« Gustav sprang auf, fischte nach seinen Pantoffeln und schlürfte zur Tür. Christoph hörte laute Stimmen. Indem er aus seinem Schlafsack kroch, stand ein Mann in Uniform vor ihm, winkte den anderen Polizisten zu sich heran: »Sieh dir das an, wir sind ihm direkt ins warme Nest gefallen.«

»Was soll das …«, Gustav hatte Angstaugen. Christoph stotterte: »Ich …, Barbara …, ich …« Der Polizist schien sein Gestammel nicht zu beachten, er forderte Gustav auf, sich anzuziehen: »Wir müssen Sie zur Klärung eines Sachverhaltes mit aufs Revier nehmen.«

Der Uniformierte lief in der Küche hin und her, ging in den Korridor, telefonierte: »Hallo, Frau Neumann, wir haben Ihren Sohn in der Wohnung des Mannes gefunden, der ihn nach Aussagen einer Zeugin gestern Vormittag in seinem Auto mitgenommen hatte …, Ihr Junge ist dem äußeren Anschein nach unverletzt.«

Christoph sah Gustav mit den Straßenschuhen in der Hand zu seinem Bett stolpern, sich setzen, um mit zittrigen Händen die Schuhe anzuziehen. »Gustav«, flüsterte er. »Du hast noch deinen

Schlafanzug an.« Gustav starrte vor sich hin. Geistesabwesend, kreidebleich, verstört, sein strubbliges Resthaar glänzte verschwitzt, seine Hände zitterten. »Hast du was Schlimmes verbrochen?«

Es war alles so verwirrend: Die Polizei, der zitternde, plötzlich stumm gewordene Gustav, sein Alptraum, Barbaras Körper, wie er im Notarztwagen verschwindet.

Irgendwann saß er auf der Polizeistation. Gustav hatte man weggeführt, irgendwo ins Dunkle des langen Flures. Laute schrille Stimmen in den Gängen. Schlotternde Angst lag in der Luft. Banges Warten auf einer Holzbank. Bis plötzlich die Stimme seiner Mutter ihn wie sanfte Wellen umspülte. Sie hatte an jenem Morgen zu Protokoll gegeben, dass keine Straftat vorlag. Dass Gustav ein Freund der Familie ist, dass er versucht hatte, sie anzurufen, sie aber gerade an diesem Tag das Telefon rausgezogen hatte und ihr Mobiltelefon auf lautlos geschaltet war (die Mailbox mit Gustavs Nummer, ein Beweis): »Nachtdienst, Sie wissen ja, wie anstrengend so etwas sein kann.«

Man konnte Gustav keinen Kindesmissbrauch nachweisen. Die Mutter hatte Gustav in seine Wohnung zurückgebracht und war danach mit ihm zu Barbara ins Krankenhaus gefahren. Man ließ

Christoph durch ein großes Glasfenster schauen. Er sah zwischen Apparaten, Monitoren und Schläuchen ein weißes Betttuch und ein ebenso weißes Gesicht. Er konnte und wollte diese Gestalt niemals mit seiner Barbara in Verbindung bringen. Und als man die Apparate abschaltete, die Schläuche entfernte, ihren Körper wieder behutsam mit einem Laken zudeckte, die Mutter ihn hereinwinkte, versuchte er, seine Gehirnzellen einzufrieren (man schafft das, hatte der Vater von Uwe gesagt, man muss es sich nur fest vornehmen. Er habe es ausprobiert, als er in den siebziger Jahren einen Tag lang wegen einer unerlaubten Demo in einer Gefängniszelle eingesperrt war).

Am liebsten hätte er Uwes Vater angerufen und gefragt, wie das mit dem Einfrieren der Gehirnzellen geht, vielleicht funktioniert das nur im Knast?

Der Holzsarg, das dunkle Sandloch, die schwarzen Männer mit ihren Spaten, Erde zu Erde …
Die Bilder hatten sich eingeprägt und waren nicht mehr auszulöschen, schrieben sich tief bis unter die Haut, blieben wie Tätowierungen, für immer.

Den kleinen Anstieg hat er immer mit Leichtigkeit bewältigt. Heute tanzen vor seinen Augen
schwarze Punkte.

Er muss sich extrem auf seine Laufhaltung
konzentrieren und fordert jeden einzelnen Muskel
heraus, sich zu entspannen.

Schritt, Schritt, Schritt …

Er versucht, an Anke zu denken.

Ich weiß - dein Phantomschmerz, hatte sie gesagt
und nach einem Zögern:

Ach, komm freu dich! Du wirst ein guter Vater.

Und er sieht ihr Lächeln, ihren warmen Blick.

# IV

Seine Erinnerung setzt ein, als die Mutter ihn
zu Hause überraschend plötzlich in die Arme
nimmt. Mutterwärme, eine ungekannte Geborgen-
heit.

Später holte er den kurzen Augenblick oft aus
seinem Inneren hervor, wenn er sich schlaflos im
Bett herumwälzte, wenn sein Körper verrückt
spielte, weil er zwischen Kind und Erwachsenwerden kämpfte.

Ein neues Gefühl hatte den Schmerz gelindert und
half ihm, die darauf folgenden Tage zu ertragen.

Er nahm auf dem Weg zur Schule den Umweg
über die Schillerstraße. Er konnte und wollte Barbaras Buchhandlung mit dem heruntergelassenen
Rollo nicht sehen.

*Dieses Geschäft bleibt vorübergehend geschlossen,*
wie schwarze Geier waren ihm am ersten Schultag
nach dem aufregenden Wochenende diese Buchstaben entgegengeflogen.

Die Tage zogen sich apathisch, träge dahin. Er verpasste oft die festgesetzten Trainingszeiten beim Fußball. Schmerzlich wurde ihm bewusst, dass er immer ohne Eltern mit dem Fahrrad zum Fußballplatz fahren musste. Die Väter seiner Kumpels feuerten ihre Söhne vom Spielfeldrand aus an. Jubelten wenn der Ball gut platziert ins Tor flog. Er versäumte mehrfach die Spieltage, und wenn er in seiner Sportkleidung auf dem Platz erschien, beorderte ihn der Trainer auf eine Position, wo er möglichst wenig Schaden anrichten konnte. Er ging auch immer seltener zu Uwe und Sven in den alten Schuppen auf dem Rangierbahnhof.

Die Mutter war völlig verändert. Sie hatte sich krankschreiben lassen, lag aber nicht im Bett, sondern schlurfte, wenn er aus der Schule kam, im Schlafanzug durch die Wohnung. Stellte ihm in der Küche ein Glas Wasser an seinen Platz, riss eine Tüte Kartoffelchips auf, kippte den Inhalt auf den Küchentisch. War das zukünftig die Art, Mittag zu essen? Hatte die Mutter vergessen, dass Kartoffelchips ungesund waren? Irgendetwas war mit der Mutter passiert. Ihm wurde es unheimlich, und er wusste nicht, wie er mit dieser Veränderung umgehen sollte. Er fühlte sich schuldig.

Wäre er an jenem Samstagmorgen pünktlich bei Barbara erschienen, hätte er sie retten können.

Schweigen, essen, trinken.

Ruhig bleiben, dachte er, als er mit der Mutter am Küchentisch saß.

Wenn er eine Frage stellte, antwortete sie mit unverständlichem Murmeln, das sich anhörte wie ein stetiges Wassertröpfeln aus der Leitung. Wenn sie aufstand, lief sie durch die Küche, als balancierte sie auf einem locker gespannten Seil.

Abends im Bett fing er an, mit sich selbst zu reden. Sein Kopf war voller Geräusche und ängstlicher Gedanken.

Eine Woche hielt er es aus. Dann kaufte er sich im Supermarkt nach der Schule von seinem Taschengeld ein Fischbrötchen und ging wieder mit Uwe zum Rangierbahnhof in den alten Schuppen.

Doch auch da war nichts mehr wie zuvor. Uwe hatte sich im Schuppen eine Werkstatt eingerichtet und schraubte, werkelte, baute an einem alten Moped herum, mit der Hoffnung, es wieder fahrtüchtig machen zu können.

Uwe hatte neue Freunde, die großes Interesse für das alte Moped zeigten und ihn spüren ließen, dass er überflüssig war. Freund Gustav war auch nicht mehr der Alte. Er lachte nicht, erzählte keine lustigen Ossi-Geschichten. Wenn er redete, stellte er Fragen. Viele Fragen. Fragen nach der Schule, Fragen nach der Mutter. Als er nach der Buchhandlung fragte, lief ein Riss durch Christophs Körper. Gustav musste seinen Tränenfluss gespürt haben, obwohl er mit einem Schraubschlüssel unter dem Auto lag.

Er schraubte und schraubte, das Handwerkzeug klapperte. Schließlich schaute er von unten herauf und meinte mit behutsamer Stimme, er solle nach Hause gehen, die Mutter würde sicher auf ihn warten.

Christoph schleppte sich nach Hause, stand in der Wohnung wie ein Zeuge an einem Tatort. Das schmutzige Geschirr stapelte sich auf dem Küchenschrank und der Tisch war mit Schreibblock, Kugelschreiber, Zeitungen bedeckt. Ausgeschnittene Zeitungsartikel lagen herum, ein Zeitungsfoto mit einem Plakat *Für ein offenes Land mit freien Menschen,* darunter *September 1989.* Was das alles bedeuten sollte? Als er die Tür zu Mutters Zimmer öffnete, suchte er mit den Augen den Schuhkarton auf dem Kleiderschrank. Er stellte beruhigt fest, dass er noch dort oben stand, schloss leise die Tür und schlich sich in sein Zimmer.

Der Schlüssel war an allem Schuld. Er hatte ihn in seinem Tresor verschwinden lassen, wollte ihn vergessen, doch es gelang ihm nicht. Er musste an seine Oma denken. Sie war auch mit einem Notarztwagen und Blaulicht ins Krankenhaus gefahren worden. Die Mutter hatte damals gesagt, der neue Nachbar in der Gartenanlage habe die Oma durch seine ständigen Lärmbelästigungen und sein Rumspionieren krank gemacht. Der Nachbar hatte sich in der dichten Hecke eine kleine freie Stelle gelassen, eine Art Durchgucke.

Er habe immer darauf geachtet, diese geheime Sichtluke nie zuwachsen zu lassen. So konnte er von seinem Garten aus ständig in Großmutters grüne, wilde Pflanzenhölle hinüberspähen. Aufregung macht krank, hatte Mutter gesagt.

Barbara hatte sich durch sein Verschulden aufgeregt, und ihm zur Strafe eine schmerzende Leerstelle hinterlassen. Vielleicht sollte er den Schlüssel wegwerfen. Doch das würde seine Barbara nicht lebendig machen.

Die Stille, die Stummheit ertrug er bald nicht mehr. Eines Morgens – er hatte sich erinnert, was Barbara tat, wenn er besonders traurig war –,er stand auf, ging zu seiner Mutter, strich mit seiner Hand über ihre Wange und sagte:

»Arme kleine Mama.«

Er atmete seine mühsam herausgebrachten Worte ein, sie glühten in seiner Brust wie ein Schluck Kakao, den er zu heiß getrunken hatte. Dann spürte er wie die Wärme, die davon ausging, bis in seinen Bauch wanderte, und als er den Satz »Ich hab dich lieb« hinterhergeschickt hatte, kam er sich vor wie ein Zauberer, der aus dem Ärmel eine weiße Taube hervorgeholt hatte:

Die Mutter lächelte ihn an und legte beide Arme um ihn: »Mein kleiner, großer Junge.«

Die Taube flog durch die Wohnung, von Zimmer zu Zimmer. Das Chaos lichtete sich.

Vielleicht weil die Arbeitskollegin Inge aufgehört hatte, im Krankenhaus zu arbeiten.

Vielleicht weil die Nachbarin Iris ausgezogen war?

Vielleicht weil Christophs schulische Leistungen in den Keller gerutscht waren?

Die Mutter hatte eine neue Stelle als Arzthelferin angenommen und verkündete ihm, nun ganz viel Zeit für ihn zu haben. Sie hatte plötzlich jedes Wochenende frei. Sie machte mit ihm Hausaufgaben, ging mit ihm ins Kino. Manchmal ging sie mit ihm Eis essen. Dann bestellte sie für sich einen Milchshake, er bekam einen Piratenbecher mit Erdbeereis, auf dem ihm bunte Smarties entgegenlachten.

Es war kurz nach seinem elften Geburtstag, sie hatten zwei Stunden Ausfall, der Mathelehrer war erkrankt, da sah er, als er nach Hause kam, durch die offenstehende Zimmertür seine Mutter am Schreibtisch sitzen. Vor ihr ein Papierchaos.
Er spürte die Krallen eines Monsters auf seiner Kehle. Seine Knie zitterten: Der Schuhkarton …, vielleicht sucht die Mutter nach dem Schlüssel?

Vielleicht hatte Barbara am Sterbebett etwas gesagt? Manchmal sagen Sterbende letzte Worte. Er hatte bereits schon den Schlüsselgedanken in einen seiner Gehirnwindungen abgelegt, nun wartete er auf eine Reaktion, doch vom Schreibtisch kam kein Laut.

Er lief in die Küche, holte aus dem Kühlschrank den Orangensaft, füllte sich das Glas bis zum Rand voll, trank es in einem Zug aus und ließ sich danach wie ein sinkendes Schiff auf den Küchenstuhl fallen. Sekunden, Minuten. Stunden?
Plötzlich schaute die Mutter zur Küchentür herein: »Ich bin mal kurz mit dem Fahrrad unterwegs«, und die Wohnungstür krachte zu. Christoph sprang auf und lief in Mutters Zimmer. Das Chaos war beseitigt. Der Karton stand auf dem Schrank. Hatte die Mutter im Schuhkarton etwas gesucht?

Wo wollte sie so plötzlich hinfahren? Was hatte sie vor? Er konnte jetzt nicht ruhig hier zu Hause herumsitzen, sah vom Flurfenster aus, wie die Mutter vor der Haustür ihr Rad aufpumpte, schlich sich in den Fahrradkeller zu seinem Fahrrad, trug es nach oben und folgte der Mutter vorsichtig in entsprechendem Abstand.

Der Radweg führte einen reichlichen Kilometer entlang der Asphaltstraße, bog dann ab in den Stadtpark. Einen kurzen Moment glaubte Christoph, die Mutter würde zur Buchhandlung fahren, doch sie schlug den entgegengesetzten Weg ein.

Es ging immer weiter und weiter in Richtung Stadtrand. Als das Waldgebiet begann, musste er sich mächtig konzentrieren, um die Mutter nicht aus dem Blickfeld zu verlieren. Fast wäre er vom Rad gestürzt, als sie plötzlich anhielt und sich nach allen Seiten umschaute. Er jonglierte sich noch rechtzeitig über einen großen Stein hinweg, suchte Sichtschutz hinter einem dicken Kiefernstamm. Dann ging es in einen schmalen Waldweg hinein. Die Motorengeräusche der Straße waren hier nicht mehr zu hören. Der Wald war wild und chaotisch.

Die Mutter stieg ab, schob das Rad durch das Dickicht, einen kleinen ausgetretenen Pfad entlang.

Er musste an seine Oma denken und die Märchenabende, wenn sie an seinem Bett saß und erzählte. Omas Wald war immer tief und gruselig, wie dieser hier. Nur, dass Gretel an seiner Seite fehlte, er kein kleiner Junge mehr war und die Mutter, so hoffte er, nicht zu einem Pfefferkuchenhaus lief.

Vielleicht sollte er umkehren?

Vielleicht trifft sich die Mutter hier heimlich mit ihrem Geliebten?

Erinnerungen purzelten in seinem Kopf durcheinander: Wie er als Erstklässler auf der Bank im Bushäuschen saß, die Mutter vor ihm ruhelos auf und ab lief, weil der Bus nicht kam und sie es, wie so oft eilig hatte. Er durfte keineswegs allein zur Schule fahren. Ob die Lehrerin das angeordnet hatte oder die Mutter, wusste er nicht. Es waren nur zwei Haltestellen bis zur Schule, er kam sich vor wie ein Kindergartenkind …

An jenem Morgen kam plötzlich ein Mann von der anderen Straßenseite herüber gelaufen, direkt auf die Mutter zu, winkte ihr und nahm sie in den Arm.

Die Mutter strahlte. Sie redeten schnell und aufgeregt miteinander. Was sie redeten, verstand er nicht. Dann kam der Bus. Die Mutter nahm ihren

Sohn an die Hand, sie stiegen ein. Der Mann war verschwunden.

Christophs Herz schlug aufgeregt. Er wollte die Mutter fragen, wer dieser Mann war, doch in dem überfüllten Bus zerrte die Mutter ihn auf ihren Schoß. An der Schule angekommen, war Eile geboten. Die Mutter lief zur Arbeit und er rannte zum Schulhof. Den Mann hatte er nie wieder gesehen, das Strahlen in Mutters Augen auch nicht.

Er musste an Marie denken, die auch so strahlende Augen hatte, die im Klassenzimmer eine Reihe vor ihm saß, an ihre blonden langen Locken, die im Unterricht erregend oft sein Schulheft streiften. Sie hatte ihm eines ihrer Bücher zum Lesen ausgeliehen. Ein Lesezeichen lag in der Seite, wo es um Liebe ging und er konnte nicht verhindern, über beide Ohren rot zu werden, als er ihr das Buch wieder zurückgegeben hatte.

Die Bäume ragten über ihm auf, Äste bildeten ein Gewölbe, sie neigten sich einander zu wie sehnsüchtig Liebende.

Das Dickicht, der Waldboden, die Heidelbeersträucher zwischen Moos, erinnerten ihn an die Kindertage mit der Großmutter. Es riecht nach Pilzen, hatte sie gesagt und ins Unterholz gezeigt, er hatte sich von ihrer Hand losgerissen, war mit seinem Körbchen vorangestürmt, die Böschung hinaufgelaufen und kam stolz mit einem Pilz zurück.

Vom dicken Stamm einer Kiefer sah ein Eichhörnchen auf ihn herab. Vorwurfsvoll machte es sich mit einer nervösen Aufwärtsspirale rund um den braunen Stamm herum auf den Rückweg, wobei es immer wieder für einen kurzen Moment innehielt und ihn mit glänzend schwarzknöpfigen Augen ansah, bis es verschwunden war. Auch die Mutter war aus seinem Blickfeld verschwunden.
 Was wollte er hier? Spion, Detektiv spielen?
Was berechtigte ihn dazu?
Er hob sein Fahrrad an, jonglierte es über Wurzelwerk und Sträucher, und war im Begriff, sich auf den Rückweg zu begeben.

Plötzlich hörte er aus dem Dickicht, in dem die Mutter verschwunden war, einen Schrei.
Erschrocken warf er das Rad auf den Waldboden und rannte los. Zwischen borstigem Unterholz, alten Kiefernstämmen und Buchenlaub sah er eine gespenstisch, verkohlte Holzhütte. Wilde Sträucher wucherten zwischen schwarzen Holzbalken.

Das Dach war zur Hälfte eingestürzt. Die Brandstätte sah aus wie ein Kriegsschauplatz in Miniatur.

Die Ruine hätte das Resultat explodierender Granaten aus einem vorbeirasenden Panzer sein können, wie er es aus Filmen kannte.

Die Mutter lehnte an der schief in den Angeln hängenden Tür, Tränen tropften über ihr Gesicht. Sie schien sich nicht zu wundern, dass er plötzlich vor ihr stand. Sie wischte sich mit dem Handrücken die Tränen ab, hatte wieder diesen seltsamen abwesenden Blick, den er nun schon kannte. Ein schiefes Lächeln, die Lippen bebten, als sie sagte: »Komm, wir gehen hinein.«

Sie hob die Tür zur Seite, schirmte die Augen mit den Händen ab, als ein Sonnenstrahl durch die Dachbalken flimmerte. Sie zeigte in eine dunkle Ecke: »Dort in der Ecke lag die Luftmatratze.«
Ihm gruselte.
Es raschelte. Etwas Langschwänziges huschte über den Betonboden. Ohne ein weiteres Wort zu wechseln schob die Mutter ihn wieder nach draußen. Die Holztür quietschte. Ein verkohlter Dachbalken krachte gefährlich nahe über ihren Köpfen zu Boden.
Als die Mutter ihr Fahrrad vom Waldboden aufhob, ein Knacken im Gebüsch – ein Reh. Es schaute zu ihnen, eine Sekunde oder zwei, ein erneutes Knacken und es verschwand. Lautlos schoben sie

ihre Fahrräder über den holprigen Pfad. Stiegen, an der Straße angekommen, auf das Rad  und fuhren nach Hause. Es wurde schon dämmrig. Der Mond warf Schatten – sein Kopf …, er sah wie er auf dem Straßenpflaster dahinrollte. Ihn hatte das Grausen gepackt. Zu Hause angekommen, schmiss er sich auf sein Bett, knipste die Nachtischlampe an, las zwei, drei Seiten, ohne zu erfassen, was da stand, machte das Licht aus, wälzte sich herum, kämpfte gegen die Qual des Schweigens. Das Schweigen war härter als der Schrei der Mutter im Wald. Die Hütte, die verkohlten Holzbalken, der dunkle Wald beherrschten seinen Schlaf. Warum war die Mutter zu dieser Hütte gefahren und so sprachlos geblieben?

Doch am nächsten Morgen schien es, als war der Ausflug mit dem Fahrrad nur ein schlechter Traum. Es war Samstagmorgen, die Mutter hatte den Frühstückstisch gedeckt, sie schaute mit warmem Blick direkt in seine Augen. Ihre Kühle und Verwirrtheit waren verschwunden. Er hatte den Wunsch, Fragen zu stellen, aber er kam nicht dazu. Sie lächelte, legte ihm ein Toastbrot auf den Teller, bestrich ihr Brot mit Butter, hielt inne, legte das Messer zur Seite, durchbrach die Stille: »Die Hütte ein Versteck damals. Ein Zufluchtsort ...«

Joggen soll den Kopf frei machen,
doch beim Laufen durch den Park spürt er die
Schwere in seinem Körper.
Er fühlt erste Schweißtropfen
auf Stirn, Brust und Rücken.
Gedanken reihen sich wie eine Kette schwarzer
Perlen auf eine unsichtbare Schnur.
Die Songs über Einsamkeit gehen ihm durch den
Kopf ..., er war mit ihnen aufgewachsen
Musik aus Mutters Radio in der Küche.
Immer waren es Lieder von Liebe und Abschied,
von Einsamkeit. Vom Weggehen, vom Warten.
Er muss an Anke denken,
die ihm manchmal die Schwere abnimmt.

# V

Eine Woche, ein Monat. Ihre Tage fielen auseinander, kein Anfang, kein Ende.

Morgens, abends – wie das Pendel einer Wanduhr. Der Schichtdienst hatte ihren Takt bestimmt. Es gab nichts, weder Schatten noch Licht, nichts als den schleppenden, monotonen Rhythmus ihres Herzschlages, der ab und zu stockte, wenn Alpträume sie quälten. Die Nachtdienste hatten ihr den Schlaf verdorben. Den Kopf auf verschränkten Armen, das wirre Haar auf verschwitztem Laken, klammerte sie sich verzweifelt an den letzten Dämmerzustand. Schließlich stand sie vom Bett auf, wie nach einem mühsam verlorenen Kampf.

Die kleine Wohnung erdrückte sie manchmal. Dann der ständige Schichtdienst im Krankenhaus. Der Junge. Das schlechte Gewissen.

Am liebsten waren ihr die Nachmittags- und Wochenenddienste. Der Junge war dann bei der Freundin – sie wusste, dass er gern bei ihr war.

Und bei den Wochenenddiensten auf der internistischen Station war sie – bis auf wenige Ausnahmen – mit Schwester Inge zusammen. Ihre freundlichen, sanft blickenden Augen und ihre tiefe, heisere Stimme hatten etwas Beruhigendes. Sie hatte das Talent, den jammernden, klagenden Patienten durch ihren wilden, ungeschulten Intellekt und mit ihrer schauspielerischen Fähigkeit ein Lachen – zumindest ein Lächeln – zu entlocken. Mit diesem Lachen gab Inge während der Dienste auch ihr ein wenig Leichtigkeit ab, nahm ihre Schwermut, die zeitweiligen Depressionen, kurzzeitig in Verwahrung. Inge wusste, wie man leicht und unbeschwert die Patienten pflegen und zum Gesundwerden motivieren konnte. In den Nachtdiensten war Marlies allein, alte und neue Ängste trafen ständig aufeinander: Die schwarze Finsternis hatte Nacht für Nacht ihre Krallen ausgestreckt.

Der Wind rüttelte an den Fensterscheiben. In den Heizungsrohren knackte es gespenstisch. Ständig wurde sie an Vergangenes erinnert. Ihr Herz war wie ein harter Klumpen, unten in ihrer Kehle, wenn sie das nachtdunkle Krankenzimmer eines im Sterben liegenden Patienten betrat, das Zimmer, nur an der Fußleiste neben der Tür von einem schmalen Licht beleuchtet.

Ein bleiches Fensterviereck, halb vom Vorhang abgedeckt. Die Apparate, Kabel und Infusionsschläuche waren zu schattenhaften Attrappen geschrumpft. Ein Röcheln unter weißem Leinen.
Ein hageres weißes Männergesicht. Von schmalen Bartstoppeln umrahmt.

Die halbgeöffneten Lippen – blau. Ein letztes Aufbäumen – ein scheinbar schon lebloser Körper sammelte noch einmal alle Kraft in sich zusammen, der Mund formte etwas. Lautlos. Ein letztes Zucken.

Oft waren es alte Menschen, jedoch wehe ihr, wenn ein junger Mann im Sterben lag. In so einer Nacht kroch die Erinnerung an Vergangenes wie eine Krake in ihr hoch. Die Nächte in der Holzhütte im Wald. Wenn die Zeiger der alten Wanduhr neben dem schiefen Bücherregal sich mit einem „Klick" auf die Zwölf gesetzt hatten, verharrten alle Anwesenden einen Moment lang im Schweigen, zündeten eine Kerze an und gedachten der politischen Gefangenen im Strafvollzug. Wenn der große Zeiger langsam weiter wanderte, begann man mit den geheimen Druckarbeiten. Sie erinnerte sich noch an die Schreibmaschine Marke Olympia, die in der Ecke auf einem Campingtisch stand, an den wackligen Stuhl davor. An die blau-

violetten Schriftzeichen. An das Vervielfältigungsgerät in der Mitte des Raumes – auf einem großen
alten Eichenholztisch platziert –, an die Matrizen
und das Ormigpapier.

An die Pappkartons in der dunklen Ecke auf einer
alten Holzkiste, mit dem nach und nach beschwer-
lich gehorteten A4 Schreibpapier. Das Hektographiergerät wurde mit der Hand bedient, mühsam
Seite um Seite. Es quietschte bei jeder Drehung,
und die Hand schmerzte, so dass aller Viertelstunde ein anderer mit der Bedienung des Gerätes dran
war. Sie hatte eigentlich bisher nichts mit der Kirche zu tun, ihre Eltern nicht, ihre Großeltern nicht
– sie erzählten stolz, echte Kommunisten zu sein.
Der Vater redete zu ihr oft vom Staatsapparat, vom
Sozialismus, der vor wichtigen Aufgaben stehe, die
nur gemeistert werden können, wenn die Jugend
tatkräftig mithilft. Bei diesen Reden schaute er
seine Tochter an: Es gehe darum, etwas für das
Land und den Frieden zu tun. Der Vater war Do-
zent an der Technischen Universität. Sie hatte nach
dem Abitur über Beziehungen des Vaters an der
Medizinischen Akademie einen Studienplatz bekommen, ihn aber zum großen Ärger des Vaters
kurzerhand abgesagt und die Ausbildung zur Fach-
krankenschwester begonnen. Warum hatte sie ihr

Studium geschmissen?

Weil es zu anstrengend war?

Immer dieselben Fragen, auf die keine eindeutigen Antworten passten. War sie eine Versagerin? Sie hatte das Elternhaus verlassen und mit Hilfe ihrer Freundin eine eigene kleine Wohnung gefunden, fühlte sich frei und unabhängig. Und doch kamen ihr manchmal Zweifel ob ihrer Entscheidung.

Sie hatte gerade ihre erste Stelle als Krankenschwester in der Medizinischen Klinik angetreten, als Barbara sie in die Studentengemeinde mitnahm. Diese Gruppe Jugendlicher fragte nicht nach Berufsausbildung, Fakultät, nach Semester, nach Studienjahr. Man nahm alle Jugendlichen auf, traf sich wöchentlich unter dem Dach der Kirche. Sie folgte Barbara neugierig in eine fremde, geheimnisvoll mystische Welt, spürte eine Art Befreiung, eine Loslösung von den Ketten des sozialistisch geprägten Elternhauses. Sie musste nicht mehr um Erlaubnis fragen, ob sie in eine Kirche gehen durfte.

Sie befand sich inmitten von Jugendlichen und Studenten und deren Diskussionen, die sie zuvor nicht gekannt hatte. Anfangs fühlte sie sich fremd, spürte prüfende Blicke auf sich gerichtet, kam sich klein und unbedeutend vor. Die Jugendlichen zeichneten sich dadurch aus, dass sie ohne erkennbare Mühe, um den gegenwärtigen und künftigen praktischen Gebrauch ihres anstrengenden Studiums wussten.

Sie kannten Zeitschriften, Schriftsteller und deren Bücher, von denen sie noch nie gehört hatte. Sie wussten, wie die Hierarchien an einer Ingenieurschule aussahen, kannten die Namen derer, die wichtig waren. Marlies schwieg oder tat so, als wüsste sie Bescheid.

Sie bewegte sich in der Gruppe ängstlich, immer darauf bedacht, nichts Falsches zu sagen. Freundin Barbara gehörte innerhalb der kirchlichen Studentengemeinde zu einem kleinen Kreis: *Vertrauensstudenten mit besonderen Aufgaben.*

Da man jemanden suchte, der Stenografie und Schreibmaschine beherrschte – Marlies hatte neben der Schwesternausbildung diverse Kurse besucht –, nahm man sie auf in die Gruppe der Vertrauensstudenten, die sich nach geheimer Absprache in unregelmäßigen Abständen in einer einsam gelegenen Holzhütte trafen. Die Hütte lag am Stadtrand, versteckt zwischen Sträuchern in einem Kiefernwäldchen. Das Versprechen der Geheimhaltung musste sie mit einem Schwur vor allen ablegen.

So saß sie auf einem wackligen Stuhl in der Hütte und schrieb mit einer alten Schreibmaschine auf Ormigpapier das zuvor von Michael Diktierte und von ihr Stenografierte, um es dann weiterzureichen an den Studenten der am Vervielfältigungsgerät stand.

Wenn über Formulierungen diskutiert wurde, darüber, wie man was am wirksamsten benennen könnte, saß sie da, klappte zu wie eine Muschel, hörte die studentischen Reden und Diskussionen und verstand sehr wenig von alldem.
Über allem lag eine gespannte Wachsamkeit.
Sie war fasziniert von Michael, seiner Leichtigkeit, seiner scheinbaren Unbekümmertheit, seiner Ausstrahlung, seiner Weltanschauung.

Michael war Sohn eines Theologen, er leitete die Gruppe. Alle Anwesenden vertrauten ihm. Von ihm lernte sie, sich in bisher ungekannten Bahnen zu bewegen. Michael war aufmerksam, kühn, strahlte ein Selbstbewusstsein aus. Sie bewunderte Michaels Mut, wenn er mit sorgfältig austarierten Reden vor der Studentengemeinde über *Gott und die Welt* sprach. Die gedämpften Gespräche untereinander, die Atmosphäre. Zwei Welten prallten plötzlich für sie aufeinander.
Eine für sie bisher unbekannte Vertraulichkeit.

Sie war jedoch ständig in Sorge, etwas Falsches zu sagen. In den nächtlichen Stunden, wenn sie an die Bedienung des Vervielfältigungsgerätes beordert wurde – über das Gerät gebeugt die Wärme der Glühbirne spürte, die über dem Druckertisch baumelte, Michaels Arm den ihren streifte, spürte sie ein leichtes Flattern im Körper. Seine Augen strahlten und übten eine geheimnisvolle Macht über sie aus.

Jener Abend, da sie mit Michael allein in der Hütte war, war ihr unvergesslich geblieben. Sie war dabei, den Entwurf einer Resolution zu schreiben. Michael beschäftigte sich mit der Säuberung der Druckwalze.

Die anderen waren schon nacheinander auf ihren Fahrrädern nach Hause geradelt.

Es bestand eine strenge Verabredung, wer wann das Grundstück unauffällig verlassen durfte. Genau eine Viertelstunde nachdem der Letzte gegangen war, schloss Michael die Tür von außen zu – er musste sie leicht anheben, um ein Quietschen zu verhindern (man konnte ja nie wissen …).

Sie schoben beide ihre Fahrräder durch das Walddickicht zur asphaltierten Straße, liefen stillschweigend nebeneinanderher und stiegen erst am Ortseingang, dann mit eingeschaltetem Licht, aufs

Rad. Zu dieser späten Stunde war kaum noch ein Auto unterwegs. Mitternächtliche Stille und Dunkelheit überall.

Sie umfuhren geschickt die bekannten Schlaglöcher, redeten kein Wort miteinander.

Michaels dunkle Gestalt radelte einige Meter vor ihr. Am Elberadweg hielt Michael an, stellte das Fahrrad ab, bedeutete ihr mit einem Winken mitzukommen, und ging, ohne sich noch einmal umzudrehen, zum Elbufer. Sie folgte ihm.

Das dunkle Wasser schien den Sternenhimmel zu reflektieren. Lichtpunkte bewegten sich in den Wellen des Flusses.

Das Wasser rauschte in den Ohren, als beide am Ufer standen. Vor ihnen vom anderen Ufer die glitzernden Lichter.

Man hörte das Schwappen des Wassers an die Steine. Wortlos, ohne sie anzuschauen, hatte Michael ihre Hand genommen.

Seine Hand war warm und weich, der Mond leuchtete hinter dem schwarzen Kreuz des Kirchturms. Eine letzte Straßenbahn schlängelte sich am gegenüberliegenden Ufer, von innen leuchtend, zwischen Häuserreihen hindurch. Minuten einer Ewigkeit – Hand in Hand. Dann waren sie langsam zu ihren Fahrrädern zurückgegangen.

Michael beugte sich, die Lenkstange schon in der Hand, verabschiedend zu ihr herüber, drückte einen Kuss auf ihre Stirn, stieg aufs Rad und fuhr davon.

Ihre Wohnung lag in entgegensetzter Richtung, so stand sie, schaute ihm nach, schickte ihm ein wortloses Flüstern hinterher, ein schmetterlingsartiges Kitzeln in der Magengegend verspürend.

Es dauerte einige Minuten bis sich ihr Herzschlag wieder beruhigt hatte. Sie stand neben dem Fahrrad, schaute zum Nachthimmel.

Wolken trieben über sie hinweg und zerstückelten das kalte Licht des Mondes.

Kleine, schimmernde Kaskaden zwischen den Dächern der Stadt. Motorengeräusche in der Ferne. Silberpappeln zischten im Nachtwind, als wollten sie um Ruhe bitten. Plötzlich wurde ihr klar, weshalb sie die geheime Mission, das nächtliche Treffen in der Holzhütte, so eifrig unterstützte.

Bis zu jenem Friedensmarsch ...

Schritt, Schritt, Schritt …
Vorn kurz, hinten lang …
Die Sportschuhe drücken.
Der Pulsmesser meldet sich.
Der leichte Anstieg. Er pustet.
Er schwitzt.
Mutters Geschichte läuft neben ihm her.

Seelische Schmerzen sind heimtückischer
als körperliche …,
vor seinem geistigen Auge
blättert er jene Seiten um,
die er jahrelang weder berührt noch betrachtet hat.

# VI

Es gibt ein *Vor der Wende* und ein *Nach der Wende*, das hatte Gustav ihm ziemlich oft klar gemacht. Christoph wurde kurz vor der Wende geboren.

Er wusste nicht, ob das nun gut war oder schlecht. Er kannte die Wende beim Segeln, wo das Boot mit dem Bug durch den Wind muss und der Wind kurzzeitig von vorn kommt. Und die Wende beim Schwimmen, den Richtungswechsel um 180 Grad, den Uwe so super toll hinbekommt.

Einige Lehrer in der Schule fanden die Wende, von der Gustav sprach, gut, andere schlecht. Was auch immer das bedeuten mochte. Für ihn war Barbaras Tod die Wende.

Die ständigen Alpträume der Nacht hatte er versucht, in eine gepanzerte Kammer seines Bewusstseins wegzusperren. Doch seit er der Mutter mit dem Fahrrad in den Wald gefolgt war, die mysteriöse Pilgerstätte besichtigt hatte, tanzten des Nachts verkohlte Skelette wie gruselige Monster im Mondlicht vor seinem Kinderzimmerfenster.

Wenn der Schlüssel zum Schloss der verkohlten Hütte passt, dachte er, dann hat er einen großen Teil des Rätsels gelöst.

Er hatte eines Tages den alten Schlüssel aus seinem Tresor geholt und das Fahrrad aus dem Keller – die Mutter war mit einer Bekannten verabredet und würde erst gegen Abend wiederkommen – er radelte durch seine Straße, fuhr zum Stadtrand und war froh, den schmalen Pfad durch den Wald wiedergefunden zu haben. Er raste wie ein Mountainbiker über den holprigen Wurzelweg. Vor der verfallenen Hütte wurde es ihm plötzlich gruselig.

Er musste an den Klassenlehrer denken, der kürzlich von Ausgrabungen erzählt hatte, wo man menschliche Überreste fand, Skelette nach einem nie aufgeklärten Hausbrand.

Mit zittrigen Knien ging er zu der offenen, schief in den Angeln hängenden Tür, holte den Schlüssel hervor. Die fünf Buchstaben auf der Metallplakette schauten ihn aufdringlich an. Ins Innere wagte er nicht zu gehen. Ungeschickt hielt er den Schlüssel und wünschte sich Gustav herbei. Der kannte sich mit alten Schlüsseln und Schlössern besser aus. Seine Hände wurden klamm. Als er den Schlüssel quietschend im Schloss hin- und her drehte, raschelte es im Gebüsch, ein Reh sprang an ihm vorbei. Der verwandelte MICHA? Nun, die Zeit wo er an Märchen glaubte war vorbei. Aber es war jetzt klar, dass dieser Schlüssel zur Hütte gehörte. Micha, der Mann, in den die Mutter verliebt gewesen war? Sein Vater?

Nachdem er in Barbaras Lexikon vergeblich nach einem Friedensmarsch gesucht hatte, und eine fast schlaflose Nacht verbracht – die Mutter war schon zur Arbeit gegangen –, stieg er erneut auf den Stuhl in Mutters Zimmer, auf seinen akribisch zusammengebauten Bücherturm, um den alten Schlüssel in den Pappkarton zurückzulegen. Damit erklärte er diese Ermittleraktion als beendet.

Nun galt es nach dem von Mutter erwähnten *Friedensmarsch* zu forschen. Wehmütige Gedanken an Barbara. Sie hätte helfen können.

Er lief, die Schultasche geschultert, zur Autowerkstatt. Gustav bastelte an einem Motorrad herum. Auf der Hebebühne sah er ein Auto, das nach seinem Ermessen auf den Schrottplatz gehörte. Aber Gustav nahm immer alles an und versuchte aus alten Karren neue zu zaubern. Gustav erhob sich, stand groß und breit vor ihm. Er sah sich in seinen Brillengläsern gespiegelt, konnte aber nicht erkennen, ob er freundlich oder streng schaute: »Drei Stunden Ausfall?« Gustav schien ihm den Ausfall nicht mehr zu glauben. Er wartete auf keine Antwort. Seine nächste Frage:

»Was wünscht der Geheimagent?«

So erzählte Christoph ihm, dass er den Schlüssel wieder zurück in Mutters Kiste gelegt habe, dass Gustav recht hatte, dass der Schlüssel alt ist, dass er zu dem Schloss an einem alten Schuppen passt, dass der Schuppen inzwischen von Terroristen angezündet worden war, dass außer verkohlten Überresten die Tür erhalten geblieben ist. Dass sein Vater vermutlich in den Flammen umgekommen ist. Er redete hastig, holte kaum Luft und kam schließlich ins Stottern, als er hinzufügte:

»Sicher war mein Vater ein Staatsfeind und meine Mutter hat mir deshalb nie von ihm erzählt.«

Gustav nahm seine Brille ab, lächelte:

»Gut recherchiert«, und klopfte ihm freundschaftlich auf die Schulter: »Wenn dein Vater damals ein Staatsfeind war, dann müsste man ihn heute ehren.« Und nach einer Pause fragte er:

»Hast du die Geschichte aus einem von Barbaras Büchern, oder ist sie wahr?«

Gustav glaubte ihm nicht und das machte ihn traurig. Sein Redefluss war versiegt. Er stotterte nur noch Unzusammenhängendes, wurde verlegen, ließ Gustav einfach stehen und rannte zur Schule. Eigentlich wollte er Gustav fragen, ob er etwas über einen Friedensmarsch erzählen konnte, wo er doch so vieles über dieses *Vor-der-Wende* wusste. Aber er hatte an jenem Tag gespürt, dass er ihn nicht richtig ernst nahm.

Er wäre an diesem Morgen sehr gern bei Gustav in der Werkstatt geblieben, doch er musste eilen, denn die Schule begann mit Sportunterricht, die Klasse ging ins Schwimmbad. Wenn er zu spät käme, gäbe es vom Sportlehrer einen Eintrag ins Klassenbuch.

Nach dem Schwimmunterricht hatten sie Deutsch/ Literatur, und hier kam ihm die Idee, die Deutschlehrerin könnte er fragen …

»Friedensmarsch? Vor der Wende? Meinst du die Montagsdemonstrationen?«

»Nein, das muss noch davor gewesen sein.«

»Wofür brauchst du das?«

»Einfach so privat.«

Die Lehrerin lächelte und versprach, sich kundig zu machen. Der Klassensprecher empfing ihn im Flur, grinste verächtlich: »Brauchst dich nicht einzukratzen, bist eh ihr Liebling.« Und als Christoph über den Schulhof ging, standen seine Jungs im Halbkreis in der Ecke, tuschelten, zeigten ihm den Stinkefinger. Am nächsten Tag gab die Lehrerin ihm nach dem Unterricht ein zusammengefaltetes DIN A4 Blatt, das ihn, als er es zu Hause las, enttäuschte:

**1987** Olof Palme, in den achtziger Jahren Ministerpräsident in Schweden, hatte den Vorschlag vor die UN-Kommission gebracht, einhundertfünfzig Kilometer diesseits und jenseits der Ost-West-Grenze quer durch Europa einen atomwaffenfreien Korridor zu schaffen. Eine Idee, die von denen, die für den Frieden kämpften, sehr begrüßt wurde.

Nachdem Olof Palme 1986 ermordet worden war, entstand der Plan, durch Veranstaltungen und Demonstrationen diesem Vorschlag Nachdruck zu verleihen.
Kirchliche Friedensgruppen wurden auch im Osten Deutschlands aktiv, dies war möglich, weil sich die politische Lage gerade etwas entspannt hatte.

Die DDR-Führung konnte sich dem schwer verweigern. So kam es unter anderem auch zu einem Friedensmarsch nördlich von Berlin, vom ehemaligen Konzentrationslager Ravensbrück zum Lager Sachsenhausen – ein neunzig Kilometer langer Fußmarsch.

Dies war die erste erlaubte Demonstration, die nicht von oben verordnet worden war, zu der jeder freiwillig gehen konnte. Die kirchlichen Gruppen druckten Plakate mit ihren Forderungen nach Redefreiheit, mehr Gerechtigkeit und mehr Demokratie. Das war sehr mutig, denn so etwas wagte man bisher nicht. Es war eine ganz neue Erfahrung: Keine Staatsorgane, keine Polizei stoppten den Demonstrationszug.

Sollte es wirklich jener *Friedensmarsch* sein, das Wort, das die Mutter ihm andeutungsweise wie ein zu lösendes Quiz entgegen geworfen hatte?

Christoph konnte damit nicht viel anfangen, zeriss das Papier und beschloss alle Erkundungen, alles Herumspionieren ins hinterste Fach seines Gedächtnisses zu verbannen.

Seine Schulzeit verlief ohne besondere Vorkommnisse. Er lehnte in den Pausen mit einem Buch an einem Zaunpfosten, still, unbeeindruckt vom Tumult um ihn herum.

Umschwärmt von den Mädchen, deren Verführungsversuche ins Leere liefen, weil ihm seine Wirkung auf diese völlig egal war. Das Fußballspielen hatte er gänzlich vernachlässigt, das Treffen mit Schulkameraden ebenfalls. Zuhause in der Bücherecke seines Zimmers atmete er Freiheit.

Eine wohltuende Einsamkeit.

Die Konfirmation, das Abitur – er hasste die Fotografen. Gruppenfotos ertrug er noch gerade so, aber diese gestellten Familienfotos. Das künstliche Lächeln.

Wenn er dann irgendwo echte Familienfotos sah, kehrten Sehnsuchtsgedanken zurück.

Sehnsucht nach einem Vater, dem er ähnlich sehen konnte. Einem Vater, den er beim Blick in den Spiegel hätte erkennen können – er hatte seine Augen, da war er sich sicher –, dem Vater, der ihm beibrachte, was man als Mann wissen musste. Der bei ihm war, als es Zeit war, die ersten Barthärchen zu entfernen. Während andere aus seiner Klasse schon sorgfältig gehegte Einzelhaare pflegten, hatte er im Schulchor noch eine Sopranstimme. Erst zwei Jahre später, im ersten Studienjahr, konnte er beglückt seine ersten Bartstoppeln nachweisen. Doch wie macht man das mit dem Rasieren? Die Stoppeln waren so struppig und borstig, wuchsen in verschiedene Richtungen. Gut, dass es jetzt Computer gab und Google, um sich zu informieren. Er hatte sich einen Nassrasierer besorgt.

Das Ding rasierte so gründlich, dass er nach jeder Rasur die kleinen Schnittwunden im Gesicht mit Toilettenpapierstückchen bekleben musste, was ihm das Aussehen eines Fliegenpilzes verlieh und es ihm unmöglich machte, vor Ablauf der Trockenzeit auf die Straße zu gehen.

Das andere, was ein Mann wissen sollte, hatte er dann auch irgendwann begriffen.

Es war nach dem Abitur als er sein zu Hause verließ.

Die Mutter gab ihm ein grünes Hardcover-Ringbuch:

»Das ist für dich. Wenn du möchtest, lies es, und ...«, sie schaute ihm tief in die Augen, stammelte, druckste herum: »Verzeih mir!«

*Meine Aufzeichnungen aus den Jahren 1987-1989,* so stand es auf dem Titelblatt.

Er, der sich bisher mit verwirrenden Puzzleteilen, mit unzusammenhängenden Fetzen hatte begnügen müssen, bekam plötzlich Mutters Vergangenheit in die Hand gedrückt.

Seine Sportschuhe kommen leicht ins Rutschen.
Das verschwitzte T-Shirt klebt unangenehm auf
der Haut.
Oberschenkel aktiv nach vorn schwingen, während
der Unterschenkel nur passiv, aber stark angewin-
kelt, folgt.
Schritt, Schritt, Schritt.
Oberkörper nur minimal nach vorn beugen,
die Arme schwingen mit, geradlinig und locker,
entgegengesetzt zu den Beinen.
Den Fuß am optimalen Punkt flach aufsetzen.
Mutters Aufzeichnungen laufen nebenher.

# VII

$S$ie war beim Olof-Palme-Friedensmarsch mitgegangen, um in Michaels Nähe zu sein.

Sie hatte extra ein paar Tage Urlaub genommen, war mit Barbara und der Studentengruppe in einem alten klapprigen Kleinbus bis ans Randgebiet von Berlin gefahren, den Rucksack mit Proviant geschultert, hatte sie sich bereiterklärt, ein Transparent zu tragen: *Freiheit ist immer die Freiheit der Andersdenkenden,* Rosa Luxemburg, sie dachte an ihr Elternhaus, den Geschichtsunterricht.

Die Eltern würden vielleicht stolz sein, wenn ihre Tochter die Worte einer Kommunistin auf einem Transparent durch die Straßen trägt? Nicht ahnend, dass einige Wochen später Jugendliche, die dieses Plakat trugen, verhaftet wurden.

Als man sich zum Friedensmarsch aufmachte – sie war erstaunt gewesen, wie viele Menschen sich versammelt hatten, übergab Michael kurzerhand das Transparent seinem Freund Robert. Sie war enttäuscht, hatte sie doch gehofft, mit Michael an der Seite, das Transparent tragen zu dürfen.

Doch er lief in der Reihe vor ihr, Hand in Hand mit einem attraktiven jungen Mädchen, seine linke Hand trug ein Plakat. Ein eigens für den Olof-Palme-Friedensmarsch gedrucktes Spruchband mit dem Symbol *Schwerter zu Pflugscharen.*

Über das Symbol hatten die Jugendlichen bei den Vorbereitungen zur Demonstration heftig diskutiert. Marlies war an jenem Diskussionsabend zu spät erschienen, hatte die Debatten um das Plakat verpasst. Sie hatte nur noch mitbekommen, dass man auf dem historischen Lutherhof in Wittenberg in der Mitte des Hofes auf einem Amboss – ein Feuer loderte –, ein selbstgefertigtes Schwert zu einer Pflugschar umgeschmiedet hatte, und dieses jetzt, zum Ärger der Staatsmacht, zum Friedenssymbol geworden war. Warum lief sie damals mit? Was wusste sie überhaupt über diese Aktion? Wer war Olof Palme? Warum ein Friedensmarsch in einem Staat, wo Demonstrationen unerwünscht waren? War sie wirklich nur Michaels wegen mitgefahren? Mit der schneidend kalten Gewissheit, dass ihre Liebe zu Michael keine Chance hatte, lief sie nun neben Robert. Ein Gleichschritt gelang ihr nicht. Das Transparent warf Falten.

Vielleicht wollte sie aus ihrem vergangenen Leben – wenn man mit zweiundzwanzig schon von gelebtem Leben sprechen konnte –, ausbrechen?

Vielleicht wollte sie den Strick, der sie an das atheistisch, kommunistische Elterhaus noch immer band, hiermit endgültig zerschneiden?
Fragen, die sie sich zuvor nie gestellt hatte.
Wie durch einen Schleier sah sie die Menschen um sich herum, pilgernd von einem Ort zum anderen. Sie spürte die Fremdheit.

Sie kannte Demonstrationen nur vom ersten Mai und dem Tag der Republik, im Blauhemd an Tribünen vorbeimarschierend.
Und sie war, Gleichschritt haltend, immer in der ersten Reihe mitgegangen.

Als sie an einer Bushaltestelle vorbeikamen, kam ihr kurzzeitig der Gedanke, zwischen dem Menschenpulk nach einem Fluchtweg zu suchen. Doch sie musste feststellen, ohne Aufmerksamkeit zu erregen, konnte sie aus dem Demonstrationszug nicht fliehen. »Was ist, soll ich das Transparent allein tragen?« Robert hatte mehrmals zu ihr geschaut, seine Augen sprühten Blitze. Ihre Füße schmerzten – sie hatte in ihrer Eitelkeit die Schuhe mit dem Pfennigabsatz getragen: Wie viele Kilometer müssen wir denn noch laufen? Hatte sie die

Worte ausgesprochen oder nur gedacht?

Wenige Minuten später wurde diese Frage unwichtig. Eine Panzerkolonne kam ihnen auf dem kiesigen Feldweg entgegen. Panzer, die ihre Kanonenrohre auf die Friedensdemonstranten gerichtet hatten. Sie zog ihre Schuhe aus – einen nach dem anderen. Furcht und Bangigkeit standen plötzlich wie eine mächtige schwarze Wolkenwand vor ihr.

Sie ging leicht gebückt, hinter Michaels Plakat Schutz suchend, immer langsamer und langsamer, und lief doch, von der Transparentstange gezogen. Angst hetzte im Hals. Sie spürte unter den Augenlidern zwei dicke Tränen.

Als die Jugendlichen um sie herum kurz stehenblieben, Robert vor ihr stand, sie anschaute, sein Gewicht von einem Fuß auf den anderen verlagerte: »Weiß deine Familie wo und mit wem du hier unterwegs bist?«, spürte sie, wie sich ihr Magen verkrampfte.

Kannte Robert ihr atheistisches Elternhaus, ihren Vater? Hatte Barbara irgendetwas erzählt? Das Gesicht verriegeln, kein Wort sagen, dachte sie. Robert nahm ihr die Stange ab, der Stoff kitzelte an ihrer Wange. Er tupfte mit seinem Jackenärmel ihre Tränen ab und strich ihr eine Haarsträhne aus dem Gesicht:

»Komm weiter, es wird alles gut ...«

Mit Michael und seinem Mädchen im Blickfeld ließ sie sich von Robert voranschieben, immer weiter und weiter. Man ging mutig auf die Panzer zu. Was würde passieren? Wer würde ausweichen? Die Spannung stieg ... Doch dann, plötzlich und unerwartet wichen die Panzer nach links auf das Feld aus, machten den Weg frei.

Die Friedenskämpfer hatten Vorfahrt vor den Panzern. Ihr wurde kalt, sie bekam eine Gänsehaut, zitterte. Allmählich erst lockerte sich der Schraubstock, der in ihrer Kehle gesteckt hatte.

Der Wind flüsterte in den Bäumen. Eine jubelnde Freude kam über die Menge, einige Jugendliche kletterten auf die Fahrzeuge, klebten Friedenstauben auf die Kanonenrohre.

Michael rief seine Gruppe zusammen und sprach von einer Demonstration, die über die drohende Gewalt gesiegt hatte.

Als sie im nächsten Dorf ankamen, von einer Schulklasse und dem Bürgermeister empfangen wurden, ihnen die Turnhalle als Übernachtungsquartier eingerichtet worden war, man ihnen Getränke und Fettstullen anbot, konnte sie lächeln.

Gitarrenmusik am Lagerfeuer. Kirchenlieder. Lieder, die feierlich, festlich, sehr bewegend klangen, aber fremd und beziehungslos für Marlies waren.

Ein neues Zeitalter ist angebrochen, dachten alle. Die ungewohnte Offenheit, das wohlwollende Entgegenkommen der Polizisten, dieses Erleben hatten alle mitgenommen in ihre Jugend- und Studentengruppen.

Eine unmerkliche Kraft und der Mut, endlich offen und deutlich zu sagen, was an dem politischen System nicht länger aushaltbar war. Eine seltsame Stimmung, eine freudige Entspannung wie vor einem großen Aufbruch.

Einige Tage nach dem Friedensmarsch, dieser friedlichen Demonstration, traf sich die Gruppe weiterhin im Wald in der Gartenlaube, aber unter einem anderen Vorzeichen.

Sie sammelten Zweige, Äste und Kiefernzapfen. Michael entzündete vor der Hütte ein Feuer. Es war windstill und der Rauch stieg senkrecht zum Himmel auf. Geschickt schichtete er immer wieder Holzscheite aufeinander.

Alle hockten drumherum, tranken Glühwein und beobachteten die Flammen, die über die trockenen Holzscheite emporzüngelten.

Man hatte das Gefühl, das Werkzeug der Diktatur – die Angst –, verkohlte in den Flammen.

Michaels Augen glänzten. Es war wie ein Rausch. Man diskutierte, was passieren würde, wenn man die Abgrenzung zur Bundesrepublik lockern und auch in der DDR Reformen einleiten würde. Die Wirtschaft stand, ihrer Einschätzung nach, kurz vor einem Konkurs.

Als der Staatsratsvorsitzende von seinem Staatsbesuch aus der Bundesrepublik zurückgekehrt war, wurden alle Lockerungen wieder zurückgedreht. Man hatte Angst vor Veränderungen.

Es wurden Oppositionelle, die unter dem Dach der Kirche eine illegale Zeitschrift herausgegeben hatten, verhaftet. Doch mit Verhaftungen ließen sich die Konflikte nicht lösen. Sie führten nur zu neuen Aktionen.

Nach den Festnahmen versammelten sich immer mehr Menschen in den Kirchen, zündeten Kerzen an und gedachten der Inhaftierten.

Die Gefangenen sollten in den Westen abgeschoben werden, aber diese wollten sich nicht einfach abschieben lassen, sie wollten für Veränderungen kämpfen. Der Mut war größer als die Angst.

Viele Gruppen hatten sich, im Zusammenhang mit der Friedensbewegung, gebildet. Sie trafen sich als Friedens- und Umweltgruppen, illegal oder unter dem Dach der Kirche – in kirchlichen Räumen, als

kirchliche Gruppen. Und es gab auch noch andere
Gruppen, solche die das Land verlassen wollten
mit ihren mutigen Plakaten »Wir wollen raus!«
Gefährlicher waren die Gruppen, die Plakate tru-
gen mit der Aufschrift: »Wir bleiben hier!«
Mit dieser Drohung fing Demokratie an.
Das fröhliche Lagerfeuer erlosch, fiel zusammen,
die Flammen duckten sich am Boden.

Alle zogen wieder klammheimlich in die Holzhütte zurück und arbeiteten umso intensiver an
neuen Resolutionen, an geheimen Flugblättern.

Langsam gehörte für Marlies das nächtliche
Treffen, wie ihr Schichtdienst im Krankenhaus,
zum Alltagsablauf. Es war so vieles geschehen, das
sie einordnen musste, um nicht in einem unlösba-
ren Chaos zu enden. Sie spürte, dass sie ihre innere
Welt bisher hinter Barrikaden verborgen hatte.
Langsam fühlte sie sich heimisch.
Die Kameradschaftlichkeit in der Gruppe, das Hin
und Her der Worte, die bedächtig, leise – fast flüs-
ternd – über den Tisch flogen, und lange Zeit noch
in ihrem Ohr ein Echo hinterließen. So etwas hatte
sie zuvor nie erfahren, weder in der Schule, noch
unter den Studenten der medizinischen Fachschule.

Die Nächte wurden länger, die Aktionen intensiver. Erneut stellte Michael eine geheime Liste

auf, wer wann in der Dunkelheit in der Hütte tätig sein sollte. Wehrt euch! Angst ist Nährboden für Gewalt, das waren die neuen Parolen.

Es hatte seit den Nachmittagsstunden ununterbrochen geregnet. Sie hatte sich nach dem Spätdienst das Regencape übergeworfen, die bekannte Abkürzung über die holprige, kaum befahrene Nebenstraße genommen, am Ortsausgang versucht, mit abgeschaltetem Dynamo zu fahren – so lautete die geheime Vereinbahrung. Doch es regnete heftig und war stockfinster, so dass sie das Licht am Fahrrad wieder einschaltete, um überhaupt den Weg zur Holzhütte finden zu können. Man wartete schon auf sie und Robert überließ ihr, indem er sie ganz überraschend in den Arm nahm, lächelnd die Schreibmaschine.

Seit dem Friedensmarsch, bei dem sie mit Robert das Transparent getragen hatte, spürte sie neben ihm eine neue Vertrautheit.

War es ein Verlangen nach Nähe? Ein Begehren? Wonach?

War es ein Versuch, ihre Gefühle zu Michael auszulöschen? Jetzt bloß keine vorschnelle Intimität, hatte sie gedacht. In jener Nacht waren sie und Robert die Letzten, die die Hütte verlassen durften.

Für Marlies eine schauerlich, beklemmende Situation. In dem kleinen Raum, eng nebeneinander unter dem schwachen Licht der Glühbirne, spielten ihre Gefühle verrückt. Ein Sog ging von Robert aus.

Als er den Kopierer ausschaltete, die Hand nach ihr ausstreckte, konnte sie sich ihm nicht entziehen. Auf der alten Matratze neben der Holzkiste mit den Papierstapeln, tasteten seine Hände über ihr Gesicht.

Ihre Gedanken spielten verrückt, sie sah einen Moment lang ein Gesicht über ihr, das nicht Robert gehörte. Dann war da nur noch das unbeschreibliche Glücksempfinden, die Hitze ihrer aneinandergeschmiegten Körper.

An jenem Morgen, als beide aus der Hütte schlichen, regnete es immer noch, schwallweise kam das Wasser vom Himmel, wie ein turmgepeitschtes Ausrufungszeichen. Sie hörte den Regen auf dem Wellblechdach und Wände aus Wasser, die wie ein Pinsel über das Holz der Hütte strichen.

Trotz des Regens war es schon bedrohlich hell. Sie nahmen die Fahrräder, streiften durch das Dickicht, durch feuchtes Gras, durch stachliges Unterholz. Wortlos schoben sie die Räder zur Straße.

Der Scheinwerfer eines Autos schnitt parallele Schneisen aus Licht in den Regen. Sie traten in die Pedale, fuhren, den vorgegebenen Abstand haltend, in die langsam erwachende Stadt.

Eine Woche später. Es war ein ungewöhnlich heller Abend, als sie mit mulmigem Gefühl und mit deutlicher Verspätung zum nächtlichen Treffen in die Holzhütte fuhr. Eine Vollmondnacht. Die Mondkugel, groß und still. Sein Licht war überall. Im Dickicht des Waldes, auf den Fahrrädern hinter dem Schuppen, auf den Zweigen der Buche, auf dem Eingang zur Holzhütte. Nur der Dachüberstand zum Kiefernwald hin lag im Schatten. Als Marlies ihr Rad abstellte, zuckte sie zusammen, eine dunkle Gestalt kam unter dem Dach hervor. Robert. Ihr Herz machte einen kleinen Flügelschlag. Er stand vor ihr, sein Gesicht mondhell lächelnd, und flüsterte etwas von einem Treffen, indem er ihr einen Zettel mit einer Adresse in die Hand drückte. Dann schlich er sich in die Hütte.

Sie wartete einige Minuten, warf dem Mond, der verschwörerisch zu ihr herunterblickte, einen Handkuss zu, steckte den Zettel in ihre Jackentasche und folgte ihm. Es war jene Nacht, in der sich die Vertrauensstudenten zum letzten Mal an ihrem geheimen Ort treffen sollten.

Mitternächtliche Stunde, letzte Hantierungen, bevor die ersten die Hütte verließen.

Marlies sortierte in einer Ecke mit müden Händen das fertige Matrizenpapier, Michael saß mit Notizblock und Bleistift auf einem Campingstuhl und feilte an neuen Textentwürfen, Robert stand am Hektografiergerät, drehte die Kurbel, die Trommel quietschte.

Da pochte es wie mit Hammerschlägen gegen das Holz der Hüttentür: »Polizei, aufmachen.«

Erstarrt schauten alle zur Tür, die Michael mit zittriger Hand aufschloss …

Keiner der Jugendlichen sagte etwas.

Mit erhobenen Armen ergaben sie sich ihrem Schicksal.

Alles ging ganz schnell. Das Licht der Glühbirne wurde ausgelöscht. Marlies war als einzige der Festnahme durch die Polizei entgangen, weil sie in der Ecke des Raumes, für die Polizisten unsichtbar, hinter den Pappkartons saß. Sie hörte von draußen laute Stimmen und das Zuschlagen von Autotüren. Dann Stille …


Sie tastete sich zitternd zur alten Luftmatratze, hörte in der Dunkelheit das Klacken des Uhrzeigers, wie die Zeit sich krümmte, sich verwirrte.

Sie wusste nicht, ob Minuten, ob Stunden verstrichen waren. Es dauerte lange, bis sich ihr Herzschlag heruntergepegelt hatte.

Sie lag auf der Matratze, sah durch die undichte Stelle in der Bretterwand die hellen Lichtstreifen des Mondes. Sie lenkte sich ab, indem sie versuchte die zusammengesetzten Rechtecke der Holzplatten von den Verputzrissen zu trennen, begann zu zählen, bis ihr kurzzeitig die Augen zufielen. Sie schreckte immer wieder hoch, starrte in die Finsternis und dachte an eine Gefängniszelle.

Die Verhaftungsattacke stieß die flammend hellen Stunden, die sie mit Robert hier verbracht hatte, in eine dunkle Ecke des Bewusstseins …

Sie hatte den Morgen abgewartet.

Als sie sich von ihrer Lagerstatt erhoben hatte und über die Matratze strich – eine kurze Erinnerung an Robert –, wurde ihr plötzlich heiß. Gerade noch fröstelnd vor Kälte, schwitzte sie, das T-Shirt klebte am Rücken, der Magen schob sich gefährlich nach oben. Der Gedanke, man könne die Tür abgeschlossen haben, ließ sie hastig die Holzstufe erklimmen. Dann Erleichterung, Michaels Schlüssel steckte im Türschloss, die Tür öffnete sich. Sie war hinausgeschlichen, hatte die Hütte abgeschlossen und den Schlüssel eingesteckt.

Wie Reliquien lehnten die verwaisten Fahrräder im Morgenlicht am Schuppen. Sie griff sich ihr Rad und schlich, sich ängstlich nach allen Seiten umschauend, davon.

Nach einigen Tagen bekam sie auf ihrer Arbeitsstelle unverhofft einen Anruf. Im Schwesternzimmer überreichte ihr die Stationsschwester den Telefonhörer mit vielsagendem Lächeln und den Worten:

»Ein Tobias möchte Sie sprechen.«

Sie war irritiert, hatte aber ganz spontan den Hörer entgegengenommen.

Eine verrauschte Stimme: »Ich bin es, Robert.«

Nur wenige Worte drangen an ihr Ohr:

»Der Zettel, du hast ihn doch noch? Die Adresse? Ich bin heute da«, dann das Besetzzeichen.

Ihr Herz machte einen kleinen Sprung.

Sie musste lange suchen, schlich sich an der grauen Häuserfront entlang, die Namen an den Klingelschildern waren schlecht leserlich.

Schließlich klingelte sie wahllos irgendwo.

Es dauerte, Minuten einer Ewigkeit, bis im zweiten Stock ein Fenster geöffnet wurde, eine weißhaarige Frau schaute nach unten: »Was wünschen Sie?«, rief sie mit heiserer Stimme.

»Ich suche einen Robert Meyer.«

»Oh, da kann ich Ihnen auch nicht weiterhelfen. Versuchen Sie es doch einmal im Hinterhaus.«

Sie ging durch die graue Toreinfahrt, über grasbewachsene holprige Pflastersteine zum Hintereingang. Die offenstehende, von Grünspan befallene Tür hing schief in den Angeln. Das Treppenhaus machte einen gruseligen Eindruck. Die Dunkelheit kroch langsam mit jedem Schritt wie ein ausgehungertes Tier aus allen Ecken.

Es gab keine Klingeln, keine Namensschilder an den grauen Türhölzern. Sie tastete sich langsam vorwärts – *2. Stock*, stand auf dem Adresszettel, den Robert ihr vor der Holzhütte diskret zugesteckt hatte – sie klopfte, und im gleichen Moment wurde die gegenüberliegende Tür aufgerissen.

»Marlies, da bist du ja.«

Robert zog sie in einen kläglich beleuchteten Korridor. Sie wollte fragen: Michael? Barbara? Die anderen? Doch er zerrte ihr atemlos und mit geschickten Fingern die Kleider vom Leib, sie war nicht geübt in dem, was sie tat. Aber sie tat es und der Boden glühte um sie herum.

Die hektischen Berührungen, sein machtvolles Eindringen, gefährlich, filterlos, schutzlos, schufen plötzlich im fahlen Licht des Zimmers einen Hohlraum in ihrem Körper. Sie wünschte sich ein Echo ihres Verlangens, so stark und sicher, wie es ihr in der dunklen Ecke der Holzhütte erschienen war.

Alles was sein Körper ausdrückte …, es war eine krampfhafte Form von Willen.

Sie wollte reden, fragen – sie hatte sehr viele Fragen mitgebracht. Als er zur Ruhe kam, war endlich ein Gespräch möglich: »Wo sind die anderen? Sind sie ebenfalls wieder auf freiem Fuß? Und warum hast du dich am Telefon mit dem Namen Tobias gemeldet?«

»Ist mir so rausgerutscht … ausversehen«, sagte er, indem sich seine Augen zu zwei funkelnden Schlitzen zusammenzogen.

»Tobias ist mein Deckname. Mal was von HVA gehört? Hauptverwaltung Aufklärung, Spionageabteilung. Der Name Stasi dürfte dir aber bekannt sein. Da ja nun in dem Versteck alles aufgeflogen ist …«, er machte eine Pause, schaute sie prüfend an: »Du hast doch nicht ernsthaft gedacht, dass diese Flugblätteraktion in der Hütte geheim bleibt.« Er blickte plötzlich mit stumpfen Augen.

»Du denkst immer nur an Michael, meinst du, das habe ich nie gemerkt?« Er räusperte sich: »All die Stunden im Schummerlicht der Hütte habe ich dich beobachtet. Aber Michael ist an eine andere vergeben und zurzeit weggesperrt.«

Wie abscheulich, dachte sie, sprang entsetzt auf. Die Bücherregale neben dem Sofa vibrierten und hörten sich dabei an wie angsterfüllt, klappernde Zähne.

Sie sammelte ihre Kleidungsstücke ein, lief in den Korridor, zog sich an und verließ die Wohnung.

Die Finsternis, die Schwärze der Nacht, die Stille, schlug wie mit einem scharfen Schwert auf sie ein. Sie hastete die Treppen herunter, lief durch die Straßen, wusste lange Zeit nicht mehr wo sie war. Im Morgengrauen war sie noch einmal zur Hütte gefahren. Was wollte sie? Hoffte sie irgendetwas dort zu finden? Es wurde schon dämmrig. Die Sonne ging unter, Zoll um Zoll verschwand sie hinter dem Horizont. Alles war umhüllt vom würzigen Duft des Waldes.

Die Holzlaube lag im Dämmerlicht. Die Fahrräder lehnten unberührt an der Wand. Sie schloss auf, suchte nach dem Lichtschalter, doch das Notstromaggregat funktionierte natürlich nicht mehr. Sie holte eine Taschenlampe aus dem Rucksack. Leuchtete den Raum aus. Alles schien unverändert an seinem Platz zu stehen. Der Campingtisch mit der Schreibmaschine. Das bedruckte Papier, das verwittert überall herumlag. Sie bahnte sich einen Weg über zusammengebrochene Regale, stapfte über Aktenordner, über einen am Boden liegenden Stuhl. Die nackte Glühbirne baumelte über dem Tisch. Neben dem Hektografiergerät lag Michaels Armbanduhr. Sie streifte sanft über das Zifferblatt als wäre die Uhr ein Lebenszeichen. Bücher stapelten sich in einer Ecke – verbotene Literatur hierher verbannt. Sie ging zur Schreibmaschine wischte den Staub von den Tasten. Klickte auf den Buchstaben herum, hob die Hände, spreizte sie, ließ sie auf die Tastatur fallen, wie eine Fledermaus, die ihre Schwingen über ihre Beute breitet, ein sirrendes Nachttier im Innern der Maschine. Ihr schwindelte, sie schloss die Augen, kippte gegen die Holzbalken.

Ein metallenes Geräusch ließ sie die Augen wieder öffnen, sie erschrak. Der Garderobenständer schwankte. Ein schlaffes Gesicht mit großen Augen. Sie zitterte am ganzen Körper, zuckte zusammen, als sie neben dem Fenster im Dämmerlicht die dunkelblaue Kordjacke sah. Michael hatte sie getragen, wenn die Nächte kalt waren.
Die Jacke, körperlos. Ihr schauerte. Einen Moment fragte sie sich, warum sie noch einmal an den geheimen Ort gefahren war. Was wollte sie hier? Hatte sie gehofft, hier jemanden zu finden?

Vertraut gewordene Gesichter? Irgendein Zeichen vielleicht? *Weggesperrt*, das höhnische Gebrumm von Roberts Worten ...

Sie war aus der Hütte geeilt, hatte die Tür zugeschlagen, das Fahrrad durchs Dickicht geschoben, war über Graswurzeln gestolpert, hatte sich an einem Baumstumpf das Schienenbein aufgeschürft.

Mit wütender Gewissheit registrierte sie den äußeren Schmerz, der den inneren zu rechtfertigen schien. Zu beiden Seiten lange, dunkle Schatten. Spukgestalten, schemenhafte Umrisse. Robert? Oder vielleicht nur die Kiefern und Tannen, die in den dunklen Himmel ragten? Der Kummer nahm ganz von ihr Besitz, ertrank in Leere, in Einsamkeit. Ihr Atem, ihr Herz beruhigten sich erst, als sie die Straße und erste schwache Straßenlampen erreicht hatte.

Am anderen Morgen hatte sie den Hüttenschlüssel mit der Armbanduhr in einen Schuhkarton zu alten Fotos gelegt und auf den Kleiderschrank verbannt.

Ihr Gynäkologe fragte, nachdem er sich ihre Geschichte angehört hatte, ob sie eine Schwangerschaftsunterbrechung wünsche, ein für ihn fast zur Routine gewordener Eingriff.

Warum hatte sie abgelehnt? Vielleicht könnte das heranwachsende Leben sie ein wenig von innen wärmen, ein bunter Tupfer auf der öden grauen Leinwand?

Acht Monate später, während im ganzen Land die Menschen montags auf die Straße gingen, man sich in den Kirchen zu Friedensgebeten versammelte, der Unterschlupf der *Studenten mit besonderen Aufgaben* sich aufgelöst hatte, lag sie im Kreissaal und ihr Sohn wurde geboren.


Man traf sich nicht mehr heimlich in dunklen Kellern oder Waldhütten, man traf sich in den Kirchen der Stadt.

Kerzen wurden angezündet und Mahnwachen, in Gedenken an die zu Unrecht Inhaftierten, wurden abgehalten. Die Unruhe auf den Straßen hatte auch Marlies erfasst. Sie gab ihrer Nachbarin den kleinen Sohn in Obhut.
Und ohne zu wissen, wie ihr geschah, befand sie sich in der Stadt, überspült und wieder ausgestoßen von der Menschenmenge um sie herum.


Woche für Woche gingen mehr Menschen zu den Montagsdemonstrationen.
Transparente, Plakate, Aufrufe …, die Worte verschwammen vor ihren Augen. Ihr Fahrrad lag an einem Laternenpfahl. Sie stieß mit dem Kopf an

eine Transparentstange, deren Träger Losungsworte brüllte: *Wir sind das Volk!*

Robert, Deckname Tobias? Nein, der hatte eine
tiefe Bassstimme und wird sich irgendwo in den
Westen abgesetzt haben. *Brüllt doch nicht so,* hätte
sie sagen wollen, aber wer hörte sie schon.
In diesen Menschenmassen hatte sie keine Chance
ihre Freunde zu finden.
Am meisten fehlte ihr Freundin Barbara.

Nachdem sie sich mit Fahrrad und Schürfwunden aus der Fahnen schwenkenden Menschenmasse herausgeschält hatte, schleppte sie sich wie eine
Schildkröte, die unterwegs ihren Panzer verloren
hatte, nach Hause.
Erschöpft betrat sie ihre Wohnung, warf sich aufs
Bett und ließ ihren Tränen freien Lauf.

Die Hoffnung, irgendwo Trost, Erleichterung
zu finden, mit jemandem reden zu können, Schicht
um Schicht fiel sie von ihr ab.

Bevor sie in einen tiefen Schlaf sank, träumte
sie von Buchstaben, von Worten, die sie in eine
Schreibmaschine hämmerte.
Worte gebogen, zerpflückt, verbogen, verworfen,
wieder zusammengeflochten.

# VIII

Seine Strecke geht jetzt eben hin, die letzte Etappe. Heute ist das Waldstück sein Ziel. Zwischen Baumspitzen sind vage die Türme der Michaeliskirche zu erkennen. Die Glocken läuten.

Er entscheidet sich für eine Pause auf der Parkbank. Über ihm ein Bildschirmhimmel, der keine Wolken und keine Regenschauer kennt.

Hinter dem Grün der Kastanien taucht am Himmel ein Ballon auf, groß und rot. Vage nur kann er die Insassen erkennen. Er muss an Pilot Sebastian denken, an dessen Eltern und die Fluchtgeschichte.

Auf der großen Rasenfläche springen Kinder umher, jubeln, kreischen, zeigen zum Himmel. Familien mit Picknickkörben. Ballspielende Jugendliche. Wochenendstimmung.

Er kneift die Augen zusammen: Das bunte Treiben auf dem Grün wie ein klassischer Fries, oder ein Ausschnitt aus einem Gemälde von Cézanne.

Anke liebt Cézanne, die Farbigkeit seiner Bilder. Das „Haus in der Provence" hing lange über ihrem Sofa in der Studenten-WG.

Er saß mit ihr darunter, als er  ihr Mutters Aufzeichnungen vorgelesen hatte – Kapitel um Kapitel –, mühsam, mit vielen Pausen. Wenn ihm die Stimme versagte, hatte Anke sich liebevoll an seine Schulter gelehnt:

Du musst ihr verzeihen, deine Mutter war noch so jung. Es war damals eine schwere, spannungsgeladene Zeit, die Gefühle und Gedanken deiner Mutter waren durcheinandergeraten.

Er schließt die Augen und fühlt Ankes Handfläche, die zärtlich über sein Haar streift. Er atmet tief durch und als er die Augen öffnet, beobachtet er das Treiben auf der Wiese vor ihm.

Ein junger Mann, dunkelhäutig, schwarzes Lockenhaar. Es könnte Osman sein, mit dem er ein halbes Jahr im Studentenwohnheim Tür an Tür wohnte. Osman war mit seinen Eltern irgendwann aus dem Sudan zugewandert.

Er redete oft mit ihm in einer unverständlichen Sprache, in irgendeinem Dialekt ... Tagwana oder Bedscha, selten Arabisch, kaum Englisch.

Er gestikulierte mit den Händen, wenn er redete.

Er redete und redete.

Manchmal schimpfte er wie ein zorniger Vierjähriger, dem man sein Sandspielzeug weggenommen hat.

Unvergesslich sind Christoph seine wenigen deutschen Worte: *Vor Krieg, du hattest Körper mit Seele. Jetzt Körper braucht Pass, um zu sein Mensch.*

Der junge Mann vor ihm auf der Wiese ist nicht Osman, seine Haut ist heller, seine Stimme weicher. Er geht in gebückter Haltung über den Rasen, ein Kleinkind an beiden Händen haltend. Mit lenkenden Bewegungen bringt er das Kind dazu, erst einen schwankenden Fuß nach vorn zu setzen, dann den anderen. Breitbeinig unterstützt er die Bewegung mit seinen Oberschenkeln.

Das Kind scheint sich, von den Händen des Vaters gehalten, vollkommen sicher zu fühlen. Dennoch hat es sein rundes Gesichtchen in Falten gelegt und die Lippen vor Anstrengung zusammengepresst. Es schaut zur Mutter hin, die ein paar Schritte entfernt auf einer Decke sitzt – eine Kopftuchfrau. Ihre schönen, großen Augen lächeln, sie ruft mit heller Stimme einen Namen, streckt ihre Arme dem Kind entgegen.

Das Kind drängt nach vorn. Der Vater lässt es los. Ein paar Sekunden steht es wacklig da, zum ersten Mal auf eigenen Beinen. Ein kurzer Augenblick, die Zeit scheint stillzustehen, den Atem anzuhalten. Da plumpst das Kind ins Gras, fällt auf seinen weich gepolsterten Po. Noch bevor es zu weinen beginnt, beugt sich der Vater zu ihm herunter, hebt ihn auf und streichelt zärtlich über seinen Schopf.

Christoph lässt sich in die Parkbank zurücksinken. Eine Anspannung fällt von ihm ab.
Er schließt die Augen ...
Die richtigen Fragen kommen aus der Sehnsucht, die Sehnsucht muss man aushalten. Ohne Sehnsucht ist das Leben nicht vorstellbar. Er hatte nach der Sehnsucht gesucht, gegraben, gewühlt. Wo die Sehnsucht gewesen war, ist alles leer, aber es fühlt sich gut an.

Er beschließt, einen kleinen Umweg über die Magnusstraße zu laufen.
Die Fassade des Hauses, in dem er am Montag sein neues Büro beziehen wird, glänzt in der Sonne. Hat er Anke überhaupt erzählt, dass gestern die Büromöbel angeliefert wurden?

Er zieht den Schlüsselbund aus der Hosentasche. Der Schlüssel zu seinen Räumen glänzt metallisch neu.
Stolz prüft er den Chefsessel:

Doppelte Polsterung, verstärkt gepolsterte
Nackenstütze, stufenlose höhenverstellbare Sicher-
heitsgasdruckfeder, auf jedes Körpergewicht ein-
stellbare Wippmechanik.

Er betrachtet die Wandregale, streicht liebevoll
über die Schreibtischplatte. Alles wird demnächst
mit Akten überhäuft sein.

Das Messingschild: *Architekturbüro Christoph
Meyer* würde er heute Abend bei einem Spazier-
gang mit Anke anbringen, um am Montag für das
Eröffnungsmeeting gut vorbereitet zu sein.

Zur Eröffnungsfeier wird er sie abholen …,
er möchte sie an seiner Seite wissen. Sie kann so
gut die Leere mit Worten füllen, Worte sorgfältig
ausgewählt. Er ist dagegen ein erbärmlicher Unter-
halter, will immer perfekt sein, keine Angriffsflä-
chen bieten. Ein Problem, das ihn zentral blockiert.
Mit einem Witz versucht er oft von problemati-
schen Themen abzulenken. Er erinnert sich an ihre
erste Begegnung, die Vernissage im Barbarini.

Anke und er, am Cocktailglas Halt suchend. Ein
paar Gläser lang standen sie nebeneinander.

Er betrachtete sie prüfend: »Du kannst Christoph
zu mir sagen«, und prostete ihr zu.

Sie ließen dumpf die Gläser aneinanderklacken:
»Ich bin Anke.« Sie redete viel, als fürchtete sie,

dass eine Pause entsteht und sie sich schweigend gegenüberstehen könnten.

Sie nahm ihm die Scheu ab, reden zu müssen.

Kleine Mosaiksteine setzen sich zu einem Bild zusammen.

Er geht noch einmal durch die neuen Arbeitsräume, streicht über die Möbel, dreht sich in seinem Schreibtischsessel hin und her: Anke – er sieht ihre leuchtenden Augen, wie sie in der Küche am Tisch sitzt, Strähnchen aus ihrem hochgesteckten Haar zupft, sie um den Finger dreht, ihn anschaut.

Er blickt aus dem Fenster seines neuen Arbeitszimmers, sieht wie die Blätter der Bäume flirrende Schatten auf die Schreibunterlage werfen. Er hört Ankes weiche warme Stimme:

Heute habe ich eine Überraschung für dich ...

Er spürt wieder die Hitze im Kopf, ein Glimmen, ein sich entzündendes Feuer.

Die Flammen tanzen jetzt: Du wirst Vater.

Auf der Straße schaltet er noch einmal seinen Schrittzähler ein ...

Das Säuseln des Windes, ein Kitzeln im Gesicht, Ankes Haarsträhnen, ihr liebevoller Blick, geben ihm die Leichtigkeit in seinen Schritten.

# Fünf Jahre später

***

# Prolog

Es war eine unruhige Zeit damals.

Eine Revolution zunächst im Untergrund,

dann Menschenansammlungen, Lärm und Sturm.

Als hätten alle, die in diesen dunklen, aufregenden

Tagen auf den Straßen unterwegs waren, sich ein

Stelldichein gegeben.

Unwirklich nach den Jahren.

War sie verliebt gewesen?

Sie hatte seinen Kuss erwidert, seine Nähe gesucht.

Sie wurde schwanger. Und dann das Ende.

Das schauerliche Bekennen. Geheimoperation,

Spionage … Robert mit Decknamen *Tobias*.

Das war vor mehr als dreißig Jahren.

Ihr Sohn Christoph wohnt mit der kleinen Familie

in ihrer Nähe, ein großes Glück,

dass er sie ohne Vorbehalte in sein Leben

integriert hat.

Nun hat sie von ihm zum Geburtstag einen

Skiurlaub nach Südtirol geschenkt bekommen.

Einen Urlaub mit Schwiegertochter und Sohn.

# I

Schnee fällt in dichten Flocken vom Himmel. Die Scheibenwischer klacken geräuschvoll hin und her. Sie hat alles eingeschaltet, was man bei diesem Wetter einschalten konnte. Antibeschlag, Heizung auf Hochtouren. Sie schaut angestrengt auf die Rücklichter des vor ihr fahrenden Autos. »Ich habe es dir ja gleich gesagt. Wir hätten den Zug nehmen sollen. Das wäre viel entspannter.«

Marlies rutscht nervös auf ihrem Beifahrersitz hin und her.
Schnellfahrer zischen auf der Überholspur an ihnen vorbei, Schneematsch spritzt hoch, versperrt kurzzeitig die Sicht.

»Soll ich dich mal ablösen?« Anke reagiert genervt: »Gut gemeint, aber dazu brauchen wir erst einmal einen Parkplatz.«

Das seit einer gefühlten halben Stunde vor ihnen fahrende Auto mit einem niederländischen Kennzeichen überholt ein Winterdienstfahrzeug auf der

dicht befahrenen Autobahn. Das Auto schlingert
hin und her.

Die gelbe Rundumleuchte des Dienstfahrzeuges ist
in weißen Nebel eingehüllt.

Anke fühlt sich schutzlos dem Winterwetter
ausgeliefert und denkt, Marlies hat recht, sie hätten
den Zug nehmen sollen …

Kaum gedacht, da ist, wie zum Trost, ein Parkplatz
in Sicht.

Sie gönnen sich eine Pause und im Restaurant
einen Capuccino.

Als sie wieder ins Auto steigen, hat es aufgehört zu
schneien. Marlies übernimmt das Steuer, legt eine
Musikkassette ein, und fährt beschwingt und sehr
entspannt weiter.

Als sie die Mautstrecke erreichen, leuchtet der
Schnee wie ein großes silbernes Feld vor ihnen.
Der Brennerpass, die Grenze in den Ostalpen
zwischen dem österreichischen Bundesland Tirol
und der zu Italien gehörenden Autonomen Provinz
Bozen.

Das Skigebiet Innichen/Sexten, das Christoph und
Anke vor einigen Jahren als Winterurlaubsgebiet
entdeckt haben, und nun auch für Marlies ein
Winterurlaubsort werden soll. »Orte, in denen der
Skisport im Mittelpunkt steht. Nichts zu groß oder

übertrieben modern, sondern genau richtig, um einen entspannten Skiurlaub zu verbringen. Ein Gebiet mit einer unbeschreiblich schönen Natur«, so hatte Christoph schwärmerisch erzählt, als er seiner Mutter den Gutschein für diesen Urlaub zum Geburtstag überreichte:

»Die Dolomiten sind die schönsten Bauwerke der Welt, soll Reinhold Messner einmal gesagt haben, der wohl mehr Berge gesehen hat als kaum ein anderer.«

Es ist später Nachmittag, als sie im Urlaubsort Sexten ankommen. Unter dem Abendhimmel liegt die Welt wie frisch geputzt.
Lichter funkeln inmitten der dichten Schneedecke wie von kristallenen Sternen übersät.


Der Wirt der Pension empfängt sie in der Frühstücksstube mit einem Glas Limoncello – dem Zitronenlikör der Region. Er erhebt sein Glas: »Auf einen erholsamen Skiurlaub«, und zu Anke gewandt: »Ihr Mann kommt in zwei Tagen mit dem Zug nach?«
Anke bestätigt es, indem sie dem Wirt zuprostet:
»Ja, er kommt direkt aus Berlin hierher. Ich hole ihn dann in Innichen vom Bahnhof ab!«

In ihrer Ferienwohnung angekommen, nimmt Anke als erstes ihr Smartphone heraus, um mit Christoph zu telefonieren.

Marlies öffnet die Terrassentür, atmet tief ein und aus und schaut in die schneebedeckten Berge.

Ein ganz besonderes Geschenk für sie, mit Sohn und Schwiegertochter in die Alpen zu fahren.

Sie kannte die Skiurlaube aus jungen Jahren, als sie einmal im Jahr mit ihrem Freundeskreis ins Riesengebirge fuhren.

Nun also Südtirol, die Dolomiten mit den fünf Berggipfeln. Die Sextener Sonnenuhr genannt.

Der Neuner, der Zehner, der Elfer, hinten in der Mitte der Zwölfer und schließlich der kleinere Gipfel, der Einer, so hatte sie es im Badecker gelesen.

Sie spürt die kalten Schneeflocken auf ihrem Gesicht, öffnet den Mund und versucht die vom Himmel fallenden Flocken zu fangen, durch ihren warmen Atem schmelzen sie, noch ehe sie diese mit der Zunge berühren kann. Aus dem Zimmer von nebenan klingt Ankes Stimme nach draußen.

Sie erzählt von den vielen Schneebergen im Dorf und dass die Gipfel der Dolomiten ihm abendliche Grüße in sein Kongresshotel herüberschicken.

»Ich wünsche dir für deine Seminare gutes Gelingen und mach dir nicht so viel Stress. Du hast das am Ende doch immer gut bewältigt.«

Marlies sieht vom Balkon aus, wie Anke ihr Handy etwas nervös von der rechten in die linke Hand schiebt und hört, wie ihr Tonfall eine halbe Oktave nach oben schwingt: »Du wolltest es so...« Dann telefoniert sie mit ihrer Mutter, der sie die kleine Tochter in Obhut gegeben hat: »Alles okay bei euch? Danke, dass du dich so lieb kümmerst ...«

Durch das Fensterglas sieht sie wie Anke nach einem längeren Telefonat das Handy aufs Bett wirft und sich selbst dazu.

Die lange Autofahrt bei kilometerlangen Staus und Schneegestöber war anstrengend und sie beschließt, es Anke gleich zu tun:

Sich im Bett ausstrecken, vielleicht noch ein wenig im Buch lesen, dann entspannt schlafen in einen ersten Urlaubstag hinein.

# II

Am anderen Morgen werden sie von der Gastgeberin des Hauses empfangen, adrett gekleidet – dunkelrotes Kleid, weiße Spitzenschürze.

Sie bringt das Frühstückstablett und reicht Marlies und Anke zur Begrüßung die Hand:

»Ich wünsche einen schönen Urlaub.«

Am Nebentisch sitzt ein älteres Ehepaar, der Wirt kommt hinzu und stellt sie vor:

»Frau und Herr Neuhaus. Sie kommen jedes Jahr hierher. Der Herr Neuhaus hat im vergangenen Jahr hier seinen achtzigsten Geburtstag gefeiert. Er fährt immer noch mit den Skiern ganz galant die Abfahrtstrecken herunter.«

Die Männer lächeln sich zu. Dann berichtet er von der neuen Seilbahn zur Bergstation. Eine moderne 10er Gondelbahn, die eine wesentlich höhere Beförderungskapazität hat. »Da könnt ihr eure sportlichen Aktivitäten so richtig auspowern.«

Der erste Skitag weckt für Marlies Erinnerungen an anfängliche Versuche sich auf den Skiern vorwärts zu bewegen.

An erste ängstliche Bewegungen. An den ersten kleinen Hügel, der ihr wie eine tiefe Schlucht ins Ungewisse vorkam, bis sie irgendwann die Abfahrtsstrecken allmählich ganz gut bewältigte. Das war damals im Riesengebirge.

Jetzt steht sie etwas wacklig auf den Skiern, hört gedanklich Christophs Stimme als er ihr zum Geburtstag den Geschenkgutschein überreichte: »Skifahren verlernt man nicht…«

Anke ist startbereit: »Ski heil!«, stößt sich mit ihren Skistöcken ab und ruft noch im Fahren:
»Wir sehen uns unten an der Talstation.«
Sie aber kann noch nicht losfahren, schaut in den wolkenlosen Himmel. Ihr Atem steigt wie ein wehendes Wölkchen in die Luft. Sie hört die Stimme ihres Skilehrers von damals: *Leicht in die Knie gehen. Stockeinsatz nur beim Losfahren oder für einen unterstützenden Bewegungsablauf. Nicht zu weit nach hinten lehnen. Will man während des Gleitens bremsen, müssen die Fersen fester auseinandergedrückt werden, damit sich der Schneepflug vergrößert.*

Sie muss jetzt allen Mut zusammennehmen, fährt langsam auf dem weichen, frisch gewalzten Schnee zur Abfahrtspiste. Etwas verkrampft gleitet sie in der frischen Schneeluft nach unten. Vor dem

Steilhang eine Pause mit Blick ins Tal und in die Berge.

Mit mehreren Pausen hat sie die Talstation erreicht. Anke winkt mit dem Skistock, und als sie ankommt, nimmt diese sie in den Arm:

»Du hast es geschafft. Jetzt wird es bei jeder Abfahrt besser gehen.«
Eine so liebe Schwiegertochter zu haben, denkt sie, das ist Glück.

Am Abend gehen sie beide zum Kinigerhof, eine schmale Straße mit traumhaftem Blick ins Tal.

»Der Kinigerhof«, so erzählt Anke, »ist ein Hofschank, wo vielerlei verschiedene bäuerliche Spezialitäten angeboten werden – ein Bauernhof mit eigener Viehhaltung.« Sie bestellen sich einen Amaretto. Anke erhebt ihr Glas:

»Auf unseren Urlaub! Ist doch auch einmal schön ohne männliche Aufsicht«, sie lächelt verschmitzt.

Nach dem vierten Glas Amaretto müssen sie über alle lustigen Ereignisse des Tages noch herzhaft lachen. Über Anke, die beim Aussteigen aus der Gondelbahn fast ihre Skier vergessen hätte, weil sie mit einem jungen, charmanten Mann ins Plaudern gekommen war, über den älteren Herrn, der, als sie am Skihang mit beiden Armen ausge-

breitet und dem Gesicht in der Sonne im Schnee
lagen, auf sie zukam mit der Frage, ob er einen
Rettungsdienst rufen solle.

Auf dem Weg zurück ins Quartier leuchtet der Ort
märchenhaft – ein buntes Spielzeugdorf.
Der erste Urlaubstag lässt sie müde und entspannt
auf die Betten fallen.

# III

Für den nächsten Tag ist eine Skiwanderung auf der Loipe geplant.

Sie laufen zum Berghotel Moos, von dort aus den Sextener Rundweg entlang bis zur Signaue, beim Caravan Park vorbei und dann zum Kreuzbergpass. Dort beginnt es zu schneien. Die Schneeflocken stürzen wie kleine Pfeile auf ihre Gesichter.

Sie machen im Hotel Kreuzberg eine Kaffeepause.

Zurück auf der Loipe zur Waldkapelle, dem Mitterberg und zum Panorama Berghotel werden sie von einem Schneesturm überrascht, sie kämpfen sich über unbewaldetes Schneefeld, kommen schließlich halb erfroren und dem Zusammenbruch nah im Restaurant Panorama an.

Der wärmende Kamin und ein Holundersaft geben ihnen neuen Antrieb, so dass sie ihr Quartier noch vor dem Dunkelwerden erreichen.

Nach diesem Wandertag kann sie lange nicht einschlafen. »Man muss leer sein, um in den Schlaf zu sinken«, meint Anke. Kennt sie ihr Innenleben? Vielleicht tobt noch der Schneesturm in ihr?

Immer wieder kommt es vor, dass schwarze Träume ihren Schlaf beherrschen. Es ist noch dunkel, sie ist plötzlich hellwach. Als sie sich die Schlafdecke umhängt und auf die Terrasse tritt, sieht sie am Horizont zwischen den Berggipfeln ein erstes klares Licht, vom Tag noch nicht in Beschlag genommen.

Heute ein letztes Frühstück zu zweit, denkt sie. Ein letzter Tag, »Mädeltag«, wie sie beide es nennen. Wie wird es sein, wenn Christoph da ist?

So zu dritt? Sie beschließen, an diesem letzten Tag zu zweit noch eine neue Abfahrtsstrecke zu erkunden.

»Da können wir Christoph stolz unser neu entdecktes Skigebiet zeigen«, triumphiert Anke.

Vom Gipfel ein traumhafter Blick. Die Tannen weiß und schwer vom Schnee. Die Welt liegt vor ihnen wie frisch geputzt. Die Abfahrtspiste ist wenig befahren und sie genießen es, langsam ohne Eile hinunterzugleiten. Eine kleine Pause auf halber Strecke: »Wie im Märchen von der Schneekönigin«, ruft Anke, und zeigt auf eine kaum sichtbare Berghütte. Das Dach trägt ein dickes Polster aus Schnee. Schneewehen ringsum an den niedrigen Wänden, nur das Fenster schaut noch heraus, ein still leuchtender Fleck im dichten Weiß.

»Sehr romantisch«, findet Anke.

Marlies ist es nicht nach Romantik zumute. Sie fürchtet sich vor der unbekannten steilen Abfahrtsstrecke.

Anke baut einen winzig kleinen Schneemann zusammen und stellt ihn ans Fenster, dann zeigt sie mit dem Skistock nach unten und fährt los.

Marlies sieht den Steilhang zu spät. Um noch ausweichen zu können, hat sie die Linkskurve zu spät gesehen. Sie verliert die Balance, gerät in starke Rückenlage, die linke Skibindung geht auf.

Sie rutscht mit dem rechten Ski meterweise den Hang herunter, findet schließlich irgendwo am Waldrand Halt. Beim Versuch, sich aufzurichten und die rechte Skibindung zu öffnen, rutscht sie noch einige Meter weiter in die Tiefe. Nun liegt sie im Schnee, mit nur einem Ski. Ihr Herz rast. Ihre Glieder zittern.

Sie schaut in den Himmel, zwei Flugzeuge schlagen ein filigranes Kreuz in das strahlende Blau, sie prüft ihre Gelenke, es scheint alles okay. Sie schaut sich um, der linke Ski liegt weit oben in einem Schneeberg. Anke ist wahrscheinlich schon unten im Tal angekommen. Was nun?

Sie ist verzweifelt. Doch da sieht sie, wie ein Skifahrer auftaucht, sich im Fahren nach unten bückt,

ihren Ski aufhebt und im Hüftschwung zu ihr hin-
gleitet.

»Haben Sie sich verletzt? Kann ich helfen?«
Er reicht ihr die Hand, sie steht auf:

»Nein danke, alles okay.«
Er hilft ihr beim Anlegen der Ski.

Die Geste, das Senken des Kopfes. Wie er sich
bückt, wie er ihr den Skistock übergibt, wie er
beim Anschnallen hilft …
Das erinnert sie an jemanden …

Ein etwas zu langer Blick durch die Skibrille,
versucht ihren einzufangen.
»Immer schön links halten, da ist es nicht so steil«,
ruft er noch, um dann wie eine Rakete davon zu
schießen.

Was war das jetzt …, ich kenne diesen Mann,
denkt sie. Ein Phantom? Verfolgt es mich immer
noch – nach all den Jahren? Ruhig bleiben, denkt
sie. Durch Skihelm und Brille kann man nichts
genau erkennen.

Ein Beben ist in ihr, ein Erschauern.
Muss mich die Vergangenheit immer wieder ein-
holen?
Sie klopft den Schnee ab und kurvt langsam, unsi-
cher nach unten.
An der Talstation winkt Anke aufgeregt.

»Wo bleibst du denn, ich habe mir Sorgen gemacht. Ist alles okay?« Sie erzählt von ihrem Sturz und dem helfenden Skifahrer.

»Oh sorry«, entschuldigt Anke sich. »Was bin ich bloß für eine schlechte Begleiterin, ich sollte langsamer fahren und immer mal auf dich warten.«

Sie holt am Getränkestand einen Jägertee, um ihre Schwiegermutter, die gerade etwas verstört und ängstlich wirkt, damit zu entkrampfen.

Oben an der Bergstation angekommen, beschließt Marlies, eine Pause einzulegen:

»Ich setze mich ins Restaurant und du kannst noch deine Abfahrten machen.«

Anke scheint ihr Angespanntsein zu spüren:

»Kann ich dich jetzt wirklich allein lassen?«

»Ja, es ist alles okay. Ich erwarte dich dann hier oben zur Kaffeezeit.«

Anke winkt mit dem Skistock: »Tschüss, ich mache nur noch ein paar Schnellfahrten.«

# IV

Wer kann schon sagen, aus welchen nebligen Tiefen Vergangenes sich löst und aufsteigt.
Erinnerungen wie Filmsequenzen, sie will sie nicht abspulen, nicht jetzt, nicht hier.
Sie hat diese Bilder lange schon eingefroren.

Es sind über dreißig Jahre vergangen, und doch hat dieser Skifahrer am Hang vergessen geglaubte Erinnerungen in ihr hervorgerufen.

Sie hatte gedacht, die Vergangenheit in die hinterste Schublade ihres Gedächtnisses gepackt zu haben. Nun ist jede einzelne Erinnerung zurückgekehrt. Sie setzt sich an einen Fensterplatz, um die Abfahrtsstrecke im Blick zu haben, zuckt plötzlich zusammen, da ist er wieder:

Blauer Skianzug, schwarzweißer Helm und Skibrille. Mit lockeren Schwingungen sieht sie ihn von der Seilbahnstation auf die Baude zufahren.
Nein, bitte nicht … Ein Beben geht durch ihren Körper. Sie nimmt ihr Notizbüchlein hervor, um

über *Winterurlaub Tag drei* zu schreiben. Doch ihre Hand zittert, als sie noch einmal die ersten Seiten liest, die erste Nacht:

*Es gibt nichts als den schleppenden, monotonen Rhythmus meines Herzschlages, der ab und zu stockt, wenn Alpträume mich quälen.*

Sie legt das Heft zur Seite und schaut auf die Uhr. Wann ist bei Anke Kaffeezeit? Sie müsste eigentlich bald erscheinen. Trotzdem holt sie sich schon mal einen Capuccino. Als sie von der Theke zu ihrem Tisch zurückkehrt, wäre sie fast ihrem Skiretter in die Arme gelaufen.

Ohne Helm und Skibrille weiß sie jetzt, wer da vor ihr steht. Ihr Herz beginnt zu stolpern.

Ganz ruhig bleiben, denkt sie.

Seine Stimme klingt heiser als er jetzt redet: »Hallo, erkennst du mich?«

Sie könnte die Frage negieren. Außerdem könnte er mit dem Erkennen die Begegnung beim Sturz am Skihang meinen. Sie versucht, sich mit ihrer Kaffeetasse an den Tisch zu jonglieren:

»Es ist alles in Ordnung. Ich bin nicht mehr gestürzt.«

»Nein, ich meine nicht die Rettung auf der Abfahrtsstrecke, ich meine ein anderes Erkennen.«

Sie zuckt mit den Schultern und denkt, dreißig Jahre sind vergangen, vielleicht haben wir uns verändert?

Sie hatte damals recherchiert, was alles so aus den Stasi-Leuten geworden sein könnte. Doch das ist jetzt unwichtig. Viel wichtiger ist, dass Robert vor ihr sitzt und sie nicht weiß, wie sie reagieren soll. Am liebsten würde sie einfach davonlaufen.

Sie versucht, ihre Erregung mit dem Schaum auf dem Capuccino wegzupusten und gibt dann ihren Worten einen harten Klang:

»Was meinst du?«

»Ach, komm …, du hast mich doch erkannt, das sehe ich in deinem Blick. Du hast dich nicht verändert. Du bist immer noch attraktiv.«

Sie merkt, dass sie die gewaltige Woge die sie durchflutet, von der sie nicht wusste, dass es sie noch gibt, unbedingt wegschieben muss.
Soll ich ihm von unserem Sohn erzählen? Wie soll ich es anbringen? Und was ist, wenn Christoph morgen hier auftaucht?

Er legt seine Skibrille und den Helm auf die Bank: »Ich hole uns mal einen Aperol Spritz.«

Sie versucht ihrer Stimme einen forschen Ton zu geben: »Bitte nicht für mich, meine Schwiegertochter kommt gleich zur Kaffeepause.«

Wie er zur Theke läuft, seine Bewegungen, seine Gestalt; war es damals Liebe?
War es Sehnsucht nach Geborgensein?

Als er mit dem Getränk zurückkommt, weiß sie, sie kann sich nicht verleugnen:

»Es ist so viel Zeit verstrichen, wir waren jung und unerfahren damals …«, sie zögert, will sie ihn jetzt in Schutz nehmen? »Na unerfahren, was sage ich da. Du sicherlich nicht, mit deinen Aufträgen«, sie haucht einen Luftstoß in den Capuccinobecher: »HVA, ich kannte diese Abkürzung damals gar nicht. Vielleicht gehörte zu all deinen Aufträgen auch der Sex …?« Ihre Stimme strauchelt leicht.

Er setzt sich mit seinem Aperol zu ihr und redet und redet. Er scheint nichts kapiert zu haben. Oder ist es Verlegenheit?

Sie hat bisher gar nicht gewusst, wie leicht es ist, über sich selbst jede Auskunft zu verweigern, wenn man nur ein entsprechend interessiertes Gesicht zeigt, das dem Gegenüber die Chance lässt, über sich zu erzählen …

Er habe sich bedroht gefühlt, damals in der Wendezeit, dem Bruch des Systems. Er habe sich ins Ausland abgesetzt, wohin erzählt er nicht. Und, indem er nervös einen Bierdeckel zwischen den Fingern zwirbelt, die Frage: »Bist du liiert?«

Die einzige und erste Frage, die er ihr stellt, um gleich weiterzureden …

»Du könntest mich mal besuchen kommen.«

Seine Worte werden unterbrochen, sein Handy vibriert. Er greift in seine Brusttasche:

»Entschuldigung, meine Tochter.«
Er wirkt plötzlich nervös: »Sie sitzt im Quartier und wartet auf mich.» Er steht auf, legt seine Visitenkarte neben das Glas mit den Worten:

»Kannst mich jederzeit anrufen«, und lächelt hinterlistig. »Ich bin noch zehn Tage hier im Parkhotel Paradiso. Und wenn du wieder stürzt und den Skihang herunterrutschst, dann fange ich dich auf!« Ein kurzer tiefgründiger Blick, der sich lang anfühlt, dann zieht er seine Jacke über, nimmt Skibrille und Helm, winkt noch mal kurz und verschwindet aus ihrem Blickfeld.

*Du hast auch einen Sohn ...,* hat sie diese Botschaft laut herausgerufen? Oder hat sie die Worte leise vor sich hingesagt? Oder nur gedacht? Sie versucht sich abzulenken, beobachtet, wie der junge Kellner am Nachbartisch mit einem nassen Lappen in Kreisbewegungen über das gewachste Holz fährt, die kleine Glasvase mit der Kunstblume hin und herschiebt, und dann in Richtung Bar verschwindet.

Minuten einer Ewigkeit, dann sieht sie Anke kommen. Sie steckt schnell die Visitenkarte ein und löffelt den letzten Schaum vom Capuccino.

»Hey, was ist mit dir? Du siehst so verstört aus. Sitzt der Sturz noch in den Gliedern? Vielleicht sollten wir doch einmal zum Arzt gehen?«

»Nein, es sind andere Gründe.«
»Dann ist es wohl dein Lebensretter«,

Anke lacht verschmitzt, »er scheint dich durcheinander gebracht zu haben.«

»Du hast es erraten. Aber es ist anders als du denkst.«
Anke holt zwei große Espresso Martini und hofft wohl, dass wirklich alles mit ihr in Ordnung ist.

## V

Erst am Abend im Kinigerhof kann Marlies reden: »Diesen Mann, der mir am Skihang aus dem Schneeberg geholfen hat, kenne ich, Robert.

Ich war mit ihm Ende der achtziger Jahre zusammen. Da warst du noch gar nicht geboren. Ich habe ihn seit der Wendezeit nie wieder gesehen. Er wohnte damals in meiner Nähe auf der Sommerfelder Straße,« sie kommt ins Stottern, weiß nicht wie und was sie erzählen soll.

»Ach weißt du, das ist eine lange Geschichte.«

»Ich merke doch, dass du aufgewühlt bist, und irgendwie erregt.«

Anke winkt der Bedienung, bestellt zwei Amaretto und das Hauptgericht, die beliebten Teigtaschen, dann redet sie weiter: »Wenn diese Begegnung dich so aus der Bahn wirft, dann meine ich, musst du darüber reden; du musst es dir von der Seele reden. Winterurlaub soll doch Entspannung sein.« Fünf Minuten, zehn … Ich muss reden …, wie fange ich an …, wo fange ich an, denkt sie. Sie schaut tief in ihr Amarettoglas, nimmt einen kräfti-

149

gen Schluck und beginnt:

»Ende der achtziger Jahre, als es die DDR noch gab, habe ich in der Friedensbewegung mitgewirkt. Wir trafen uns in einer kleinen Hütte im Wald. Sozusagen im Untergrund.«

Die Wirtin kommt mit dem Essen, Teigtaschen mit Spinat. Stille breitet sich aus, nur das Besteck scheppert leise auf dem Porzellan.

Sie holt tief Luft, bläst diese dann heraus mit einem »Na ja, in dieser Hütte …«, eine Pause, indem sie im Spinat herumstochert, »in dieser Hütte habe ich Robert kennengelernt. Wir arbeiteten damals beide eng nebeneinander unter dem schwachen Licht einer Glühbirne und haben Flugblätter gedruckt.«

Ihre Stimme droht wie eine dicke Blase in der Kehle stecken zu bleiben.

»Meine Gefühle spielten verrückt … Ach, ich mag das nicht alles erzählen«, sie stochert mit der Gabel im Spinat herum. Anke fixiert sie mit tiefgründig fragendem Blick.

»Nun ja, du hast es erraten, ich erkenne es daran, wie du mich anschaust. Robert ist Christophs Vater.« Jetzt ist es, als geht durch Anke ein Zittern hindurch. Sie wirft das Besteck auf den Tisch, schiebt den noch halbgefüllten Teller zur Seite: »Warum hast du Christoph nie etwas erzählt?«

Ankes Stimme überschlägt sich, sie ist laut geworden, so dass man vom Nebentisch zu ihr herüberschaut.

»Er hat nie gefragt.«

»Er hat nie nach seinem Vater gefragt? Das glaube ich dir nicht!«

»Es gab damals in meinem Umkreis viele alleinstehende Mütter mit Kindern. Das war nichts Ungewöhnliches.«

»Und warum hast du das Thema gemieden…, Christoph leidet bis heute darunter, dass er nichts über seinen Vater weiß.«

Ein dumpfes Pochen in ihrem Kopf, irgendwie kehren die Schuldgefühle zurück und nehmen wieder ihren Platz ein.

Sie greift nach der zusammengefalteten Serviette, die sie vor ihrem Gesicht wie einen Fächer schwenkt, holt tief Luft und redet weiter:

»Als Robert mir verraten hatte, dass er bei der geheimen Flugblätteraktion von der Stasi auf unsere Gruppe angesetzt ist, war ich wie gelähmt. Ich habe ihn sofort verlassen.«

Sie hatte gedacht, dass sich die schmerzende Stelle der Erinnerung schließt wie Haut über eine verheilende Wunde. Doch indem sie redet, ist alles wieder da. Hinter ihren Augen versammeln sich Tränen. Mit leise stammelnden Worten spricht sie weiter:

»Zwei Monate später erfuhr ich, dass ich schwanger war. Mein Gynäkologe fragte damals, nachdem er sich meine Geschichte angehört hatte, ob ich eine Schwangerschaftsunterbrechung will, ein für ihn fast zur Routine gewordener Eingriff. Ich musste mich schnell entscheiden, ich konnte es nicht … Ich bin so froh, dass ich abgelehnt hatte.«
Die Schatten der Vergangenheit hatte sie in irgendwelche Schächte unterhalb der Bewusstseinszone verdrängt.
Jetzt ist alles wieder da. Sie ist froh, dass Anke ihr zuhört, dass sie versucht, sie zu verstehen:

»Du musst reden. Mit dem Vater und mit dem Sohn.«
Am nächsten Morgen beschließt sie, ins Hotel zu gehen, um Robert zu treffen. Ein bedrückendes Gefühl legt sich zäh und klebrig auf ihre Schritte als sie zum Parkhotel läuft. Vor dem Hotel holt sie tief Luft, schaut auf die Visitenkarte, überlegt, ob sie sich vielleicht übers Handy bei Robert anmelden solle … Doch dann geht sie mutig durch den pompösen Eingang zur Rezeption.

»Ein Herr Meyer?« Die Empfangsdame scrollt auf dem Bildschirm hin und her: »Sorry, ein Herr Robert Meyer ist mit einer jungen Dame heute morgen abgereist.«

Sie schwankt nach draußen.

Die Schneeflocken stürzen wie kleine Pfeile auf ihr Gesicht. Sätze, die durch ihren Kopf wirbeln: Du hast einen Sohn …, hat sie diese Worte ausgesprochen?

Anke wartet in der Pension auf sie. Sie winkt vom Balkon: »Du bist schon wieder zurück?"

Dann sitzen sie im Frühstücksraum, die Wirtin schaut herein: »Heute eine Ruhepause?
Kann ich Ihnen noch irgendetwas bringen? Kaffee, Saft, Wasser?«

»Danke, ein Stilles Wasser wäre gut.«

Ein Schweigen legt sich über den Raum. Anke spürt wohl Marlies Anspannung, sie holt ihr Handy hervor, um die Stille zu unterbrechen und abzulenken. Sie liest Christophs Nachricht laut vor:
»Ich war noch kurz bei unserer kleinen Tochter, sie ist glücklich bei der Oma, und so kann ich ganz entspannt und froh zu euch in den Urlaub kommen.« Anke zeigt das fröhliche Smiley und ein Foto von der kleinen lachenden Tochter Kaja.

Marlies kann sich jetzt nicht daran erfreuen, ihre Gedanken sind zersplittert. »Robert ist abgereist, obwohl er gestern sagte, dass er noch zehn Tage hier Urlaub macht. Vielleicht bin ich Schuld?«
Sie trinkt ihr Wasser aus, steht schlagartig auf:
»Ich reise auch ab. Wie sagtest du?«

Sie schaut der Schwiegertochter in ihre dunkelblauen Augen:
»Winterurlaub soll Entspannung sein. Das gelingt mir jetzt so nicht. Du kannst entscheiden, ob du Christoph etwas erzählst. Aber ich denke, wir setzen uns nach dem Urlaub zusammen und reden miteinander. Ich habe Roberts Adresse, so dass wir ihn jederzeit erreichen können.«

# VI

In der Wendezeit fand Robert ganz unerwartet im Briefkasten Post von seiner Schülerliebe.

Sie schrieb aus Paris, fragte, warum er ihr nie geantwortet habe, sie hätte mehrere Briefe an ihn geschickt und nie eine Antwort bekommen.

*Was ist denn bei euch im Osten los?*

*Klingt ja nach einer Revolution. Ich würde mich gerne mit dir treffen, dich wiedersehen. Wir beide hatten eine so schöne Zeit miteinander, bis sich meine Eltern im Sommerurlaub von Bulgarien aus nach Österreich abgesetzt haben. Ich musste mit, hatte keine andere Wahl.*

*Ob dich vielleicht nun doch einmal meine Post erreicht, wo euer Land Kopf steht?*

*Melde dich doch bitte! Wenn du dort weg willst, heraus aus deinem Land, ich wohne in einer kleinen Studentenwohnung in Paris, hier wäre Platz auch für dich.*

Es gibt immer im Leben einen Ast, an dem man sich klammern kann, um sich dann, mit ein wenig Glück, auffangen zu lassen …

Paris, das war eine gute Option, herauszukommen aus der Misere, sich frei zu machen, den Speicher im Labyrinth seines Gehirns zu leeren.

Als er im Fernsehen sah, wie die Stasi-Zentrale gestürmt wurde und die Akten durchs Treppenhaus flatterten, war er froh, dass er weit weg vom Geschehen war. Er hatte sich in der Pariser Wohnung neu verliebt und die Kulisse seines bisherigen Lebens zurückgelassen. Ein neues Leben, eine neue Welt. Eine wiedergefundene Liebe. Karin hatte ihn am Pariser Bahnhof empfangen. Eine junge attraktive Frau, Medizinstudentin an der Université Paris Cité. Als er sie sah, spürte er seinen Herzschlag im Hals und in den Schläfen. Ein Flirren, wie damals beim Abiturball, wo seine Hand auf ihrem Rücken lag und seine Fingerspitzen ihre Haut berührten. Sie hatte ihn gerettet. Sie hatte ihn befreit von den Schuldgefühlen:

»Du bist nicht Schuld, dein Elternhaus hat dich in diese Laufbahn gedrängt. Ich sehe dich noch mit schwarzer Aktentasche und einem dunklen Anzug in den Zug steigen. Studienplatz Jura, Schwerpunkt Kriminalistik und operative Psychologie.

Unsere Lebensläufe, die unterschiedlicher nicht sein konnten, aber nun wird alles gut. Wir haben wieder zusammengefunden.«

Nach drei Jahren Studium in Paris ermöglichte der Pariser Onkel für Karin einen Studiumswechsel nach Verona. Auf keinen Fall wollte Karin zurück nach Deutschland. Sie fanden eine billige Einzimmerwohnung am Rande von Verona.

Robert hatte sporadisch in verschiedenen Hotels als Portier gearbeitet, um das nötige Geld aufzubringen.

Als Karin das Studium abgeschlossen hatte, zogen sie in die Nähe des Gardasees, dort übernahm er eine Stelle als Manager in einem kleinen Hotel in Limone, und Karin arbeitete als Ärztin im Malcesine Hospital.

Diese Liebe mit all ihren Höhen und Tiefen hatte nun schon über zwanzig Jahre gehalten. Kleine beiderseitige Affären, die sie akzeptierten.

In den Skiurlaub fuhr er allein, manchmal mit einem Freund … Im Februar war er das erste Mal mit seiner achtzehnjährigen Tochter im Winterurlaub. Ein Geschenk zum Abitur. Ganz stolz hatte er am ersten Tag mit ihr die Abfahrtsstrecken erkundet. Umso enttäuschter war er, als sie am nächsten Tag nicht auf die Skier steigen wollte. Angeblich war es ihr schlecht vom Dinner im Hotel. »Magenprobleme«, wie sie sagte. So hatte er sich – da allein – auf eine noch unbekannte Abfahrtspiste gewagt.

War es Fügung? Schicksal?

Eine plötzliche Begegnung mit seiner Vergangenheit.

Marlies, seiner weit zurückliegenden kurzen Liebe, die er in die hintersten Winkel seines Bewusstseins verbannt geglaubt hatte.

Ein berauschendes Comeback, ein kurzes Aufeinandertreffen in der Skibaude an der Bergstation, das er beenden musste, weil seine Tochter ihn brauchte.

Ihre Bauchschmerzen erklärten sich für ihn, als er im Hotelzimmer zufällig im Papierkorb zwischen den abgeworfenen Zeitungen und Skitickets einen positiven Schwangerschaftsteststreifen fand.

Von Panik ergriffen, befreite er noch am Abend das Auto von den Schneemassen, packte am Morgen den Koffer, schleifte die weinende Tochter ins Auto und fuhr nach Hause.

# VII

Ein Familienurlaub in einer Ferienwohnung am Gardasee. Es ist Mai, die Luft riecht nach Frühling, es weht ein weicher warmer Wind. Anke baut mit der kleinen Tochter am Strand eine Murmelbahn. Er sitzt mit seiner Mutter auf einer Bank, den Blick auf den See gerichtet, hinter ihnen Kirschbäume, die eine Schneewehe aus Blütenblättern herübertragen. Christoph ist wieder in seine Kindheit verstrickt, und die Mutter versucht all die noch offenen Fragen zu beantworten.

In diesen Tagen, so der Plan seiner Mutter, wird er seinen Vater kennenlernen.
Er soll auf seinen Vater treffen, ein Wunschbild, das er sehr lange mit sich herumgetragen hatte. Nun weiß er gar nicht, ob er jetzt nach so vielen Jahren des Suchens, den Vater kennenlernen will.

Am ersten Urlaubstag wollte er allein sein und war mit seinem Auto zu dem berühmten Botanischen Garten Gardone an die Westküste gefahren.

Die gepflegte Parkanlage, die Pflanzen, die Kunstwerke. Beeindruckend, eine Skulptur inmitten des Parks. Ein steinerner Mensch, bemüht sich von seinem Sockel zu lösen, er will laufen und kommt doch nicht vom Fleck.

Es berührte ihn: Ich kann mich bewegen, bin täglich gelaufen, denkt er. Ich habe durch den Jogginglauf Kraft geschöpft für meinen Alltag.

Er atmete die klare Luft tief ein. Kraft schöpfend für das vor ihm stehende Treffen.


Marlies hat alles akribisch genau durchdacht und geplant: Urlaub am Gardasee, Telefonat mit Robert, Terminabsprache, Treffen am Abend …

Zunächst genießt er mit der Familie den Sonnentag am und auf dem See.

Das Tragflügelboot legt an, sie laufen zum Ufer. Sie haben Karten für die vorderste Reihe.

Christoph hat einen Fensterplatz, nimmt seine Tochter auf den Schoß und zeigt zum Ufer, wo Kinder hinter einem bunten Ball herlaufen, über ihnen die Olivenbaumblätter wie kleine winkende Hände herumflattern. Durch den Mittelgang kommen immer mehr Fahrgäste und verteilen sich auf die Sitze. Das Boot setzt sich in Bewegung. Es ist ein herrlicher Sonnentag.

Auf der Wasseroberfläche schaukeln unzählige Lichtmünzen. Die Macht der Natur um ihn herum hat etwas Beruhigendes. Die Tochter jauchzt vor Freude. Ich habe als Kind nie eine Bootsfahrt erlebt, nie auf dem Schoß eines Vaters gesessen ...

Gedankengänge wie kleine Glassplitter im Auge. Die Bootsfahrt ist eine gute Ablenkung.
Es geht entlang der malerischen Halbinsel Sirmione, vorbei am Aquaria Thermalba und an luxuriösen Villen. Sie passieren die Grotte di Catullo, eine ruinierte römische Villa. Auf der östlichen Seeseite fährt das Schiff entlang des Uferstreifens bis nach Bardolino, dort gibt eine längere Pause.

Während die Frauen sich mit dem City Guide durch die malerischen Gassen führen lassen, sitzt Christoph mit seiner Tochter in einem Café am Strand bei einem Becher Eis.
Zurück von der Schiffsfahrt bleibt Anke mit Tochter Kaja auf dem Spielplatz. Christoph nimmt die Hand seiner Mutter und schaut ihr in die Augen: »Wirst du jetzt stark genug sein?«

»Ich wünsche einen guten Verlauf bei dem Treffen und drücke euch die Daumen«, ruft Anke den beiden zu.

# VIII

Als Robert schon hoffte, dass Marlies seine
Adresse vernichtet hat, kommt ein Anruf:
»Hallo, ich bin mit meiner Familie zum Urlaub am
Gardasee – also in deiner Nähe – und würde mich
gerne mit dir treffen.«

Ein Treffen …, puh. das hat er sich im Januar
im Skiurlaub gewünscht. Aber jetzt hier, in seinem
Hotel? Er hofft, dass sie sein leichtes Zögern in der
Stimme nicht bemerkt hat.

»Wo wohnst du?«

Ihre Stimme ist etwas leise, verwischt: »Okay, ich
bestelle einen Tisch im Restaurant La Dolce Vita,
das ist nicht weit von deinem Hotel …, wann?
Zum Abendessen?«

Er hatte seiner Frau nichts von Marlies erzählt und
sie hatte nicht gefragt.

Sie kannte ihn, wenn er ungeplant, kurzfristig
einen Termin ankündigte, lag etwas Esoterisches
vor. So bezeichneten sie ihre kurzen Auszeiten, die

sie gegenseitig tolerierten. Nun sitzt er nervös an der Bar, ein Gespräch mit dem Barkeeper, mit dem ihn seit Jahren eine enge Freundschaft verbindet, der jetzt lächelt:

»Ich habe deinen Stammplatz reserviert.«

Er schaut auf die Uhr, Marlies, so erinnert er sich, war immer pünktlich. Damals bei der Holzhütte im Wald wartete sie manchmal ungeduldig vor dem Eingang auf ihre Mitstreiter, die sich meistens verspätet hatten.

Doch das ist lange her. Der Mensch kann sich ändern. Und wenn er jetzt über seinen Werdegang nachdenkt…, er hat sich geändert. Oder nicht?

Da sieht er am Eingang Marlies, ein junger Mann hält ihr die Tür auf. Ihre Art, wie sie mit der rechten Hand eine Haarsträhne hinter das Ohr streicht, sich im Raum umschaut …, er hat immer gedacht, er könne diesen Erinnerungsfallen entkommen.

Melancholie befällt ihn, als er erkennt, dass der junge Mann zu ihr gehört – er muss dem Erscheinen nach mindestens zehn Jahre jünger sein … Nun wird er wohl seine Hirnfunktionen bis auf die allernotwendigsten Signale abschalten müssen.

Er holt tief Luft, verlässt die Bar, geht auf Marlies zu: »Willkommen in Sirmione«, und reicht ihr die Hand. Er hält sie länger als nötig fest, mit einem Blick zu Christoph, der einige Schritte hinter Marlies steht.

»Du kommst nicht allein? Dein Partner?« Marlies befreit sich aus dem Händedruck, schaut zu ihrem Sohn, und stellt ihn vor. Sie hatten sich gründlich vorbereitet, wie und wann sie das Gespräch auf die Vaterschaft bringen wollen.

Für Marlies wirkte Robert damals beim Aufeinandertreffen im Winterurlaub arrogant und wichtigtuend, so hat sie keine Ahnung, wie das heute ausgehen wird.

Wie würde Robert damit umgehen, dass er plötzlich seinen dreißigjährigen Sohn vor sich hat?

Sie setzen sich an die zugewiesenen Plätze, blättern in der Speisekarte – eine wortlose Spannung breitet sich aus. Als der Kellner kommt, bestellt Robert zunächst eine Flasche Wein mit den Worten: »Ihr seid eingeladen.«

Beim Anstoßen mit den Weingläsern schaut er ihr, gefühlt, etwas zu lange in die Augen mit der Frage: »Wo ist dein Partner?« Als Marlies ihm bedeutet, dass sie allein mit der Familie ihres Sohnes hier den Urlaub genießt und zufällig (sie benutzt bewusst das Wort zufällig) seine Visitenkarte mit der

Adresse noch dabei hatte …, erhebt er erneut sein Glas: »Na dann auf unser Wiedersehen.«

Als der Kellner kommt: »Was kann ich an Speisen bringen?«, summt Christophs Handy, er springt spontan auf. »Ich werde euch dann mal allein lassen«, und zu Marlies gewandt, »Du kannst mir eine Nachricht schicken, wenn ich dich wieder abholen soll.«  Eine gefühlt lange Zeit der Stille.

Marlies weiß nicht, was Christophs Abgang jetzt bedeuten soll. Ist das geplant? Eine vorherige Absprache mit Anke? Robert unterbricht die Stille, holt noch einmal die Vergangenheit hervor. Er redet von seiner Flucht damals, und dass seine jetzige Frau - eine Schülerliebe -, ihn gerettet hat: »Die Wende hat mich freigesprengt …«

*Freigesprengt*, welch ein Wort, denkt sie.

»Wie geht es dir jetzt damit?«

Sie dreht, leicht nervös, am Stil ihres Weinglases. »Ich meine mit der Vergangenheitsbewältigung, schließlich sind durch dich und dein Ausspionieren damals einige Freunde in Untersuchungshaft gekommen.«

Er erzählt von seinem Elternhaus, dann von seinem Werdegang, seinem Glauben, etwas Gutes für das Land, den Staat, die Sicherheit, den Frieden zu tun. Für all die roten Plakate und Fahnen, auf denen

Leitsätze und Parolen winkten, fühlte er sich mit
verantwortlich.

»Ich hatte damals nie Zweifel aufkommen lassen,
etwas Nützliches zu tun. Ich hatte gedacht, dass du
mich irgendwann verstehen wirst.«

Er füllt sein inzwischen leeres Weinglas:

»Du hattest doch auch ein sozialistisch geprägtes
Elternhaus!«

Dann blättert er leicht nervös in der Speisekarte,
schaut kurz auf: »Ich habe dich geliebt«,
ein blitzartiges Strahlen, das kurzzeitig eine zaube-
rische Macht über sie ausübt. Sie holt das gelebte
Leben in ihre Gedanken. Es erwachen Episoden:

Die Holzhütte im Wald, das Hektographiergerät,
das enge Beieinander unter dem schwachen Licht
der Glühbirne, die alte Matratze neben der Holzkiste, die Hitze der aneinandergeschmiegten Körper. Momente der Liebe zu ihm. Herzklopfen, ein
Druck in der Magengegend:

»Ich habe dich nicht geliebt« …, sie stammelt ein
wenig, so als wäre sie eben gerade über ihre Lüge
gestolpert.

»Dann warst du aber eine gute Schauspielerin.«

Der Kellner bringt die Speisen und damit eine
Ablenkung von diesem riskanten Gespräch.

Schweigen breitet sich aus. Der Kellner klopft
Robert freundschaftlich auf die Schulter.

»Alles in Ordnung?«

Zu ihr gewandt:

»Sie haben gut gewählt, *Insalata Dello* ist die Spe-
zialität des Hauses.«

Marlies schaut zu Roberts Teller, bestückt mit
Thunfisch, Bohnen, Mais, Paprika und Eiern:

»Sieht aber auch lecker aus.«

Er schiebt ihr den Teller hin:

»Willst du mal kosten?«, und da ist dieses Lächeln
von damals.

Sie sieht plötzlich Christophs Augen in den seinen.
Ungebremst redet sie nun drauflos:

»Mein Sohn Christoph, dieser junge Mann, das ist
auch dein Sohn …«, ein Strom von Worten abge-
hackt, stammelnd. Sie hätte sich besser auf diesen
Moment vorbereiten sollen.

Als Robert einen Halt am Weinglas sucht, kippt es
ihm um, der Wein ergießt sich über Tisch und Jackett …, er springt auf und läuft zum Ausgang.

Der Kellner kommt, um den Schaden zu beseiti-
gen: »Entschuldigung, Sie müssen bitte Verständ-
nis haben, jetzt in der Urlaubszeit ist Herr Meyer

etwas gestresst, in seinem Hotel ist viel los. Er ist
einfach überarbeitet.«
Wenige Minuten, als Marlies schon glaubt, dass
das kurze Zusammentreffen beendet ist, erscheint
Robert in einem Poloshirt, das Jackett über dem
Arm. Er hängt das befleckte Jackett über die Stuhl-
lehne: »Sorry, aber woher weißt du, dass ich der
Vater bin? Bist du dir sicher?«
»Ich hatte in dem Jahr bevor Christoph geboren
wurde keine andere Partnerbeziehung.«


Marlies  Handy klingelt, eine verwischte Stimme:
»Tochter Kaja ist vom Klettergerüst gestürzt, wir
müssen sofort mit ihr ins Krankenhaus.«
    »In welches Krankenhaus…«, doch da ist das
Telefonat schon unterbrochen. Ihre Stimme zittert:
»Meine Enkeltochter …, ein Unfall.«
Eine plötzlich einfühlsame Stimme:
»Wie bitte, … was? Krankenhaus?«
Robert springt auf: »Ich fahre dich hin.«
»Wir wissen doch gar nicht wo …, in welches
Krankenhaus.«
»Doch! Ich weiß es! Nur e i n Krankenhaus im
Umfeld hat jetzt Bereitschaftsdienst. Die dienstha-
bende Ärztin ist meine Frau.«

# IX

$S$ie sitzt auf einer Bank vor dem Krankenhausgebäude, schaut in den Himmel. Das Gewitter hat sich verzogen. Regentropfen laufen ihr übers Gesicht, oder sind es Tränen?

»Ich schaue mal, ob ich erfahren kann, wie es deiner Enkelin geht.« Robert läuft die Treppen hinauf ins Gebäude, sie schaut ihm hinterher, sieht, wie die verglaste Tür langsam zugleitet und er dahinter verschwindet. Sie inhaliert die Nachtluft, die nach dem Gewitterguss noch dunkler, noch geheimnisvoller ist.

In ihrer Brust toben neben der Angst um die Enkeltochter wieder einmal die Erinnerungen an den finsteren Wald und der Frust, der damals ihr Herz fast zerbrach.

Als Robert nach einer gefühlten Ewigkeit zurück ist und sich neben sie setzt, ihr die Hand entgegenstreckt, legt sie ihre Hand in seine.

Er atmet tief, als ob er ein bleiernes Herz mit sich herumträgt. Ein kurzes Schweigen, das dem Ergebnis aus dem Untersuchungsraum der Notfallambulanz oder ihrer beider Annäherung geschuldet ist.

Sie spürt etwas wie einen Faden, gesponnen aus einem dünnen, handfesten Material, der sich zwischen beiden verbindet.

Dann spricht er: »Deiner Enkeltochter ...«, und stockt einen Moment, »unserer Enkeltochter geht es gut, die Kleine hat eine Unterarmfraktur und einen Gipsverband angelegt bekommen. Ich konnte mit der diensthabenden Krankenschwester kurz sprechen. Du kannst jetzt zu ihr, wenn du möchtest.«

»Die Eltern sind ja da, ich glaube, ich werde jetzt nicht gebraucht.« Sie atmet noch einmal tief ein, schaut in den Abendhimmel, die Wolken haben sich verzogen, der Vollmond leuchtet über ihnen. Der Mond, Zyklus der Zeit, Symbol für das Unbewusste, für alles, was hinter der Oberfläche liegt und nicht sofort sichtbar ist.

»Wie heißt es? Die Zeit heilt alle Wunden ...«, sie schaut dem Vater ihres Sohnes in die Augen und spürt seine warme Männerhand auf ihrem Arm:

»Ich habe mein Verhalten, meine Worte damals sehr bereut, ich dachte doch...«, er nimmt seine Hand von ihr, als die Scheinwerfer eines einfah-

renden Rettungswagens ihn blenden, »ich dachte damals, das Richtige zu tun. Ich habe nie aufgegeben, den Lebensstufen stetig eine neue Farbe,
einen neuen Ton abzuringen. Man ist mit 50 Jahren noch einmal ein ganz anderer als mit 25. Damals hatte ich nicht erwartet, dich durch mein Geständnis zu verlieren«, er räuspert sich, »du hast einen Sohn, unseren Sohn zur Welt gebracht? In diese damals so kaputte Welt? Du hättest eine Abtreibung veranlassen können.«

Indem die Rettungssanitäter den Schwerverletzten auf der Trage die Stufen herauftransportieren und hinter dem Eingang des Klinikums verschwinden, zieht der Mond am Himmel eilig von Wolke zu Wolke, als wolle er sich das Gespräch der beiden nicht weiter mit anhören müssen.

»Eine Abtreibung wollte ich anfangs auch, doch ich hatte eine gute ärztliche Beratung. Kinder sind die Zukunft, sie sind das Gute in der Welt.
Die Schwangerschaft hat meiner inneren Leere und meinem Leben einen Sinn gegeben.«
Sie legt ihre Finger an die Schläfen, als wolle sie ihren Kopf zusammenhalten, weil die Gedanken zu wild durcheinander streben.
Roberts Worte an ihrem Ohr klingen jetzt, wie von einem anderen Planeten stammend: »Ein Kind, ein

Sohn. So haben wir beide etwas, was uns verbindet.« Als sie auf der Treppe vor dem Eingang ihre kleine Familie sieht, springt sie auf.

Kaja gestikuliert mit ihrem Gipsarm und ruft:

»Die Ärztin war sehr nett, ich habe, weil ich so tapfer war, eine ganze Tüte Gummibärchen bekommen.«

Robert begrüßt Anke per Handschlag und mit einem Blick zu Christoph:

»Das ist also deine attraktive junge Frau?« Anke schaut etwas verlegen zu ihrem Mann: »Ihr habt euch also schon kurz kennengelernt.«

# X

Es gibt Robert, es gibt Marlies, es gibt Christoph, es gibt Anke, es gibt die kleine Kaja.
Ein Familientreffen im Cafe am See.

Robert hat einen Tisch bestellt, er hat sich am Nachmittag freigenommen, um seine neue Familie kennenzulernen. Ein schwüler Tag, sie sitzen auf der Terrasse unter einer Markise. Sonnengeschützt. Marlies erscheint perfekt frisiert und geschminkt. Sie trägt ihr orangefarbenes Kleid mit dem weiten Ausschnitt und den Spagettiträgern und kommt mit luftigen Schritten an den reservierten Tisch.
Wem will sie imponieren?, denkt Anke.
Die Frauen setzen sich den beiden Männern gegenüber. Anke hat von ihrem Platz aus die Tochter im Blickfeld.

Kaja vergnügt sich in der Minigolfanlage, die neben der großen Terrasse angelegt ist. Mit dem Schläger malt sie Strichmännlein in den Sand. Dann schleppt sie eine gelbe Golfkugel herbei. Ihr Gipsarm schaukelt seitlich durch die Luft, während sie mit dem gesunden Arm den Golfball durch die Gegend wirft.

Ihre Kinderstimme jauchzt laut, als die Kugel, kaum dass sie diese fassen kann, ein Ziel erreicht hat.

Marlies schaut beim Reden in Roberts graublaue Augen, die auch die ihres Sohnes sind.

Sie atmet gelöst und gleichmäßig.

Ihr ganzer Körper entspannt sich, wenn sie redet – von ihrem Alltag, von ihren Freizeitaktivitäten.

Sie berichtet von ihrer Arbeit als Pflegedienstleiterin in der Universitätsklinik. Dass ihre Arbeit sie ausfüllt, ihr einen inneren Halt gibt.

Dass sie in ihrer Freizeit sich oft mit dem Freundeskreis von damals trifft:

»Michael ist auch dabei.«

Sie schaut Robert unvermittelt in die Augen:

»Erinnerst du dich an ihn? Wir reden manchmal noch von der Zeit vor der Wende.

Irgendwann hat er einmal kurz nach dir gefragt. Ich habe ihm nichts erzählt von deiner damaligen Mission.«

Neben Robert ist der Platz für Kaja bereitgehalten, davon zeugen Malbuch und Stifte für das Kind – Robert nimmt einen Stift und malt etwas auf die Serviette, um sich abzulenken.

Wenn er jetzt erzählen würde, wird im Kopf eine andere Geschichte daraus und wenn er seine Geschichte aufschreiben würde, verändert sie sich wieder. Die Wahrheit über ihn verschwindet dann wie die Farbe des Filzstiftes im Wasserglas.

Als Robert den Blick hebt, strahlen plötzlich seine Augen. Auf der Terrasse erscheint seine Frau mit Tochter. Er springt auf und führt die beiden an den Tisch: »Das ist meine kleine Familie. Meine Frau Karin, die ihr ja schon im weißen Kittel begrüßt habt und Tochter Julia.«
Der Kellner rückt noch zwei Stühle an den Tisch.
Jetzt gibt es noch Karin und es gibt Julia ...

# XI

Am späten Nachmittag treffen sie sich auf dem Parkplatz der Piazza Ferdinando.

Blätter eines Zitronenbaumes zaubern Sonne und Wind, ein Spiel von Licht und Schatten.

Christoph hat Robert zum Joggen eingeladen. Er möchte die Zeit nutzen, um mit seinem Vater zusammen zu sein. Der Vater – zunächst zögerlich – hat dem Treffen zugestimmt.

Christoph beherrscht die Kunst, gute Stimmung zu bewahren. Das hält er immer für wichtig, wenn er mit seinen Büroangestellten und mit den Kunden spricht. Manchmal stellt es ihn vor große Herausforderungen. So braucht er Augenblicke, in denen er zu sich selbst findet, und das ist dann nach wie vor sein Jogginglauf.

Hier findet er seinen Rhythmus, und die Gedanken geraten in Fluss. Ob das heute gelingt? Mit seinem Vater im Schlepptau? Eine kurze Begrüßung per Handschlag, dann gehen sie über einen Sandweg durch den Park, um auf die Joggingstrecke zu

kommen. Zunächst machen sie noch eine kleine
Pause auf einer Parkbank, um miteinander zu reden.

Die Geschichte seines Lebens gerät Robert so
wirr durcheinander, dass Christoph ihm kaum folgen kann. Immer wieder macht Robert beim Reden
Pausen, um dann seinen Bericht an einem beliebigen Punkt fortzusetzen. Bruchstücke ins Blaue
gesprochen, als hänge er Illusionen nach.
Vergangenheit, Gegenwart und Zukunft wirbeln
durcheinander. Für Christoph wirbeln ganz andere
Bilder durch seinen Kopf, gestochen scharf in seiner Erinnerung.
»Als Kind unterhielt ich mich oft mit meinem unsichtbaren Vater. Später haben mich beim Laufen
meine Vatergedanken begleitet, immer mit dem
Versuch mich davon zu befreien.«
»Jetzt brauchst du dich nicht mehr abzulenken.
Dein Vater läuft neben dir«, Robert schlägt seinem
Sohn kumpelhaft auf die Schulter, lächelt und redet
weiter: »Im Sommer bei den heißen Temperaturen
laufe ich nicht. So werde ich heute sicherlich, weil
untrainiert, mehrere Schritte hinter dir herlaufen.
Aber ich werde dich nicht aus den Augen lassen.«
Christoph erhebt sich:
»Gehen wir zur Joggingstrecke!«

Die Sonne glitzert auf der glasklaren Oberfläche
des Sees. Blätter eines Zitronenbaumes zaubern
Sonne und Wind, ein Spiel von Licht und Schatten
auf dem Asphalt.
Sie finden ihren Rhythmus, auch die Gedanken
geraten in Fluss.
Christoph hat vergessen, den Schrittzähler einzuschalten. Im Laufen bedient er den Touchscreen.

Schritt, Schritt, Schritt…
  Den Oberkörper nur minimal nach vorn beugen,
die Arme schwingen mit, geradlinig und locker,
entgegengesetzt zu den Beinen.
Bei jedem Schritt eine Erinnerungssequenz.
  Das Säuseln des Windes, ein Kitzeln im Gesicht,
Ankes Haarsträhnen, ihr liebevoller Blick, wenn
sie die kleine Tochter an die Hand nimmt.
Seine ausgeglichen wirkende Mutter, sein Vater,
den er nun doch noch gefunden hat, geben ihm die
Leichtigkeit in seinen Schritten.
  *Familie ist ein Anker, wenn es stürmisch wird,*
diesen Spruch hatte ihm Anke an die Pinnwand
geklickt, als Kaja geboren war.
*Familie…* ein Energieschub, denkt er jetzt.

# Wenn jede Stunde zählt

## Roman

Ein merkwürdiger Anruf bringt Judiths Arbeits- und Ehealltag völlig durcheinander. Der Hilferuf von der Freundin ihrer verstorbenen Mutter hält sie vier Tage lang in Bann. Erinnerungen an die Zeit am Sterbebett ihrer Mutter und die Briefe der Freundin wecken ihr Pflichtbewusstsein. Die Ich-Erzählerin wird plötzlich mit der Pflegebedürftigkeit alter Menschen,  der Arbeit des Pflegepersonals im Altenheim, mit der Lieblosigkeit, Anonymität und letztendlich auch mit Medikamentenmissbrauch konfrontiert. Eine nicht unbedeutende Rolle spielt die zwanzigjährige Katja, die in der Rezeption der Seniorenresidenz arbeitet, für Judith zu einer Verbündeten wird, den Wandel zu einer selbstbewussten Frau erfährt und ihrem Leben ein Ziel setzt. Ein bewegender Roman, der zart und eindringlich zugleich die Kostbarkeit selbstbestimmten Lebens aufzeigt und den Leser mitnimmt auf eine spannende Reise durch das Leben dreier Generationen unserer Zeit.

ISBN 978-3-7450-2743-3
Verlag: epubli.de

# Zeit zwischen Nacht und Tag

Roman
2. Auflage - 2019

Die Enkelin sitzt am Sterbebett der Großmutter: „Weiß du noch...?"Vielleicht hat Erzählen eine heilende Wirkung? Auch die Tochter erinnert sich an Kindertage. Angesichts des bevorstehenden Abschieds, überlagert von familiären Alltagskatastrophen, brechen alte Wunden auf. Über drei Generationen hinweg spannt sich der Bogen. Vom Zweiten Weltkrieg bis hin zum wiedervereinigten Deutschland und in die Gegenwart. Ein Tag der Erinnerung, der Vergangenheitsbewältigung. Und immer geht es auch um das Kind: Das verlorene, das ungeborene, das ungewollte, das Wunschkind.

BoD, Books on Demand Norderstedt

ISBN 9 783748 126 591,

# Kraniche im Ruderflug

Erzählungen
- 2018 -

Kurzgeschichten über Flucht,
Vertreibung, Krieg, Einsamkeit.
Angelehnt an die Thematik ihrer Romane,
wechselt die Autorin in beeindruckender
Sprache zwischen Erinnerung und dem Jetzt.
Zwischen Partnerbeziehung und dem Alleinsein.
Ein Generationen-Bogen vermittelt Erlebtes mit
all seinen Gefühls-Facetten.

115 Seiten - Paperback

BoD, Books on Demand, Norderstedt

ISBN 9 78 -3-7412-7284-4

# BUNTER STOFF

## Regionalroman
- 2021 -

Sechs Frauen sitzen in ihrem Stammcafé
und feiern ihr dreißigjähriges Jubiläum.
Ein spannender Rückblick in die achtziger Jahre im
Osten Deutschlands. Einmal wöchentlich treffen sie
sich in einer Kulturhausvilla zum Nähen und
kreativen Gestalten von Kleidungsstücken.
Es werden Modenschauen organisiert.
Ein Hobby, das die Frauen bis heute verbindet.
Jede Protagonistin hat ein Eigenleben mit ihren
Alltagssorgen, Ängsten und Nöten.
Doch die Gruppe hält zusammen.
Freundschaft verbindet. Die Zeit der achtziger Jahre,
bis hin zur Wendezeit hat ihre Tücken.
Was sich so leicht, fröhlich und locker anfühlt,
ist einer Diktatur unterworfen,
der sich niemand entziehen kann.

BoD, Books on Demand, Norderstedt

ISBN 9 783748 126 591,

# REISEN,
## um zurückzukehren
- Roman – 2024

Es ist Anfang der Neunziger Jahre
im Osten Deutschlands,
Eva und ihre Freunde packt das Reisefieber
in westliche Städte und Länder.
Als sie in den Bus nach Paris stieg,
fühlte sie sich plötzlich frei,
als wäre das schwierige Werk
einer beruflichen Neuorientierung,
wie durch ein Wunder schon beendet.

Erinnerungen, die Erlebnisse voraussetzen.
Reiseabenteuer in die Städte Paris und Rom,
nach Israel, Marokko und zu den Mittelmeerinseln.

Die Autorin schreibt über Erlebtes, indem sie
die Protagonistin Eva sprechen lässt.
Sie erzählt von ihren Reisen, mal allein,
mal in Zweisamkeit. Glückliche Momente,
aber auch Momente von Einsamkeit und Verlust.
Doch über allem steht die Liebe.

Verlag: epubli, erschienen Mai 2024

ISBN  978-3-7598-1764-8